Imprimé en France / Printed in France
ISBN 2-7082-2967-2
ISSN 1159-3741

la Guerre

LES IDÉES EN REVUE

Collection dirigée par Emmanuel Fraisse et Isabelle Jan

Conception graphique Kersti Chaplet

LES IDÉES EN REVUE

Mathieu Arnoux - Isabelle Jan

la Guerre

Illustrations

Frédérique Strintz

Interview exclusive

Xavier de Nazelle

EDITIONS OUVRIERES JEUNESSE

EDITO

Margot la folle ou les trois fléaux de l'humanité

Si, un jour, vous passez par la ville d'Anvers vous irez peut-être regarder un tableau du vieux peintre Breughel intitulé : Margot la Folle et c'est une image vraiment effrayante ! une femme gigantesque, toute en os... Mais est-ce bien une femme ou un homme déguisé en femme ? Elle porte une jupe et une armure, sur la tête une sorte de casque, dans la main droite une lance, dans la gauche un panier rempli de toutes sortes d'ustensiles, volés sans doute. La bouche entrouverte, le regard fixe, elle court dans un paysage dévasté. Où va-t-elle, qui est-elle, cette figure qui, bien évidemment, ravage tout sur son passage ? On s'est interrogé longtemps à son propos et, selon les époques, on a donné à cette folle un nom différent : la Peste, la Famine ou la Guerre, les trois grandes peurs de l'humanité. Margot les représente toutes à la fois et elles sont de toutes les époques. Cependant, si on y réfléchit bien, les grandes épidémies qui, avant l'invention du vaccin, faisaient beaucoup plus de morts que les guerres, ont été à peu près éliminées. La faim, nous savons qu'elle est toujours là, loin de nous, mais bien présente pour des peuples entiers. Cependant, elle ne fait quand même plus aussi peur car nous savons bien qu'on pourrait la combattre. La guerre, elle, il semble qu'elle ne désarme pas. Il suffit d'ouvrir le journal. Partout dans le monde, sur d'autres continents, mais aussi à notre porte, des guerres se déchaînent. Des trêves sont signées et rompues le lendemain, des conférences de paix mettent des années à se réunir, les Nations unies votent des résolutions... et d'autres guerres s'allument ailleurs. On parle de désarmement et, pourtant, nous savons que tous les pays votent des crédits pour leur défense qui sont souvent les plus élevés de tout le budget d'une nation. La guerre est-elle vraiment une fatalité à laquelle il n'y aurait pas moyen d'échapper ? Sommes-nous condamnés, sinon à la faire, au moins à toujours y penser ? Après les horreurs de la Seconde Guerre mondiale, les Européens ont cru la guerre désormais impossible.

Certains justifiaient l'existence des armes nucléaires en expliquant que leur pouvoir de destruction empêchait désormais tout affrontement entre les grandes puissances. Certes, pendant cinquante ans, l'Europe a vécu dans la paix. Cela n'était jamais arrivé ! Aujourd'hui, les massacres existent partout, y compris en Europe. Nous ne pouvons plus penser que notre siècle a changé la nature de la guerre. Et les gens de bon sens se posent des questions : comment les dirigeants sont-ils assez fous pour ne pas parvenir à s'entendre ? pourquoi, même s'il s'agit de conflits limités, finit-on toujours par en arriver là ? Comme s'il était impossible d'arrêter vraiment la guerre. Alors faut-il penser qu'il y a des puissances, dans le monde et dans l'homme, qui veulent la guerre ? Peut-on, en toute conscience, vouloir tant de malheurs ? La guerre, je la hais, je ne veux pas en entendre parler ! eh bien, justement, si on souhaite la paix, la guerre, il faut en parler !

SOMMAIRE

INFOS

HISTOIRES

APPROFONDIR

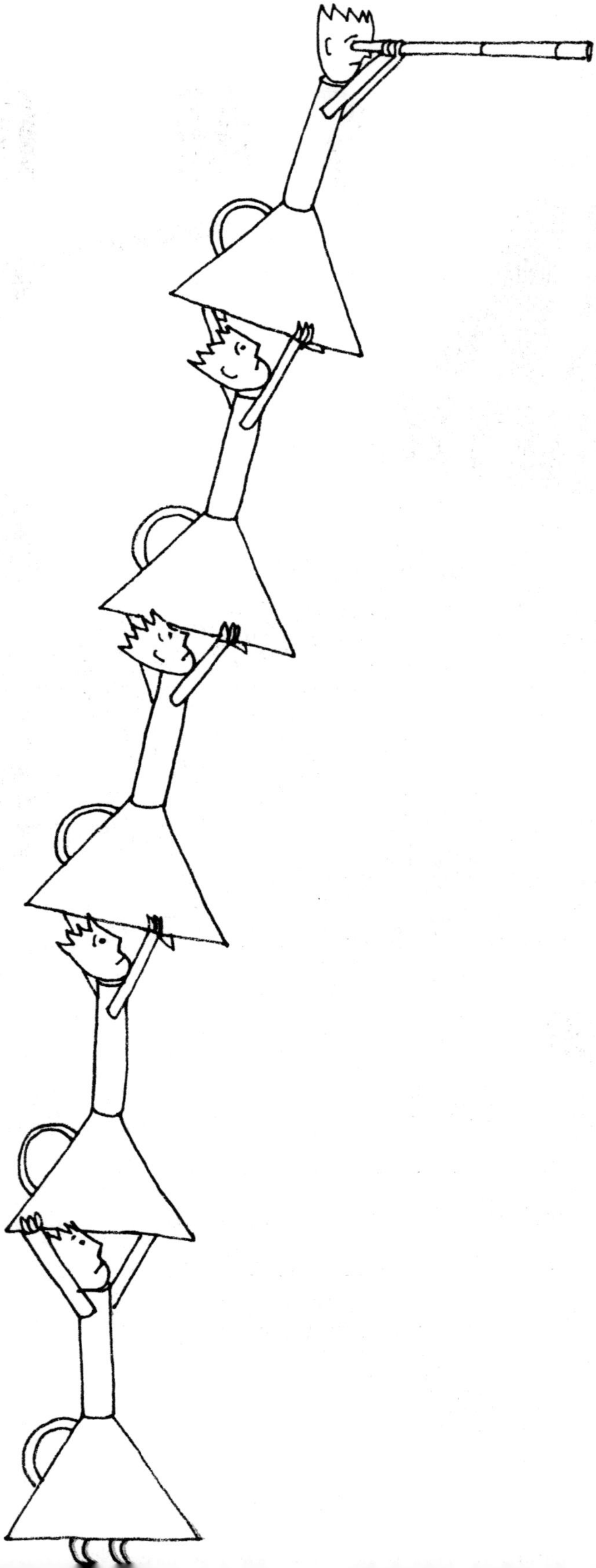

INFOS

français avait bie
d'un coup d'accé
moment où il est
dans la bataille
des parts de marc

REN
ATTENTIO

Sur Renault souffle actuellement le chaud et le froid. Du côté des bonnes nouvelles : les distinctions qui pleuvent sur la Clio. Rarement un modèle aura été aussi bien accueilli par la presse internationale. Lancée en juin 1989, la dernière-née de Flins

ÉRIC ROSSI, réalisateur du film De… le faisait encore remarquer à la radi… formation d'actualité se déverse da… s ont tendance à oublier le passé. A… rien est victime d'une semblable a… nauté internationale. Mais le scan… d on « oublie » tout un pan de la … qui s'instaure à Phnom-Penh et … uérilla de Khieu Samphan.

nous les voyons … autres. En adopta… Rithy Panh parvie… conflits régionaux … *flottantes* » : « Si l'… simplement la pays… e « dans le pays de… ions caritatives. « Ici, … *sauront pas repiquer* … » Les différences soc… *ès riches, les pauvres s…* *eur famille aux Etats-U…* *a, ils vont au théâtre, p…* *agnétophones, des chos…* *s de cinq ou six ans, ram…* *erve vides qu'ils lavent e…* *n'ont pas le temps d'aller…* *comme celle d'un crabe a…* *ous prions les grands et les…* *plus vite possible nos pro…* *s.* » Cette prière sera-t-e… les du principal génocid… nsive militaire avec la b… ?

…X QUI TRINQUENT

…trouvé la rallonge de 500 millions de …ustice ? En réduisant les budgets … à la recherche. Petit rappel : pen… …es socialistes avaient violemment …tion, par le gouvernement de Jac… …ccordés à la recherche.

…DS DANS LA CAISSE

…aine pour que BSN et LVMH se …te des champagnes (Pommery et …nd. Le prix ? *« Sunny side »* (côté …oud à Bernard Arnault, repre… …Kravis lui avait lancée lorsqu'il …éens de Nabisco... En clair cela …ait de se dessaisir de ces deux …ncs de chiffre d'affaires, 80 …ssus de 3 milliards de francs. Résultat : BSN empoche 3,1 milliards (soit 2,5 milliards de plus-value par rapport au prix d'achat de 1985), se débarrasse de plus d'un milliard de dettes et se retrouve, en ce dé… …but de réc…

Qui sont donc les dirigeants khmers …uges : Pol Pot, Ieng Sary, Khieu …mphan, Ta… Son Sen ? De …ntiqu… …es » révolution-

EN C…

4000. C'es… …*ois années de* voitures p… connu, pour la par les Chi… autorités de le pays le p… gens coupa- monde, un … bodgien de particulièr… *ux commis* habitants. *…re les juifs* d'Etat chi… *s »*, comme lancer un p… ince Noro- accroître d… cipal allié millions d'… résistance nombre de … nh ? tourisme. … s 1975-

1,7 %. C'es… …si … bénéficier… …hain…

Par NGUYEN DU…

de morts – soit 40 % de l… Faut-il alors s'en remettr… de la CIA et du départ… américain, retenant un… allant de 1,2 million à 1,8… l'ensemble des personnes … mort violente durant le… Khmers rouges (5) ?

Au terme de dix années… ches, Amnesty Internationa… en 198… dans un rappo… « Ka… …éa. Tortures et e… me… …ues » : « *Les in…* di… *…ermettent d'ét…* *…les mesures pri…* *…te du Kamp…* *…après son …* *…5, ont été à…* *…u deux mi…* *une pop…* *…t ou huit …* ».

…corpo… …de l'ap… **…nsuel, abon… 420 francs b… 30 Bruxelles.)** …aire de Rithy Pa…

DÉVELOPPEMEN… …ue du CCFD inaugure u… sur le développement ave… …erre de Charentenay. (N° 6… **…ensuel, 6 F. – 4, rue Jean-… …1 Paris.)**

…ECINS SANS FRONTIÈRES. …r des boat people à Hongkong et …ple du Mozambique. **(N° 34, sep-… …estriel. – 24, rue Deschamphe-… …uxelles.)**

…CIAL OPTIONS. Un numéro …nt consacré à « La formation pro-… **(N° 29, trimestriel, décembre, …e 431, 93514 Montreuil Cedex.)**

…ANGEREUX

…de l'année, c'est encore une française … primée pour la cuvée 1991. La Cli… …tement la redoutable Nissan P… … la génération des jap… …de-Bretagne. Aprè… …agne, Renault…

…pu décla… …al franç… de son … qu…

…i… im… apr… *«Gi…* soul… Roca…

35 heu… hebdon…

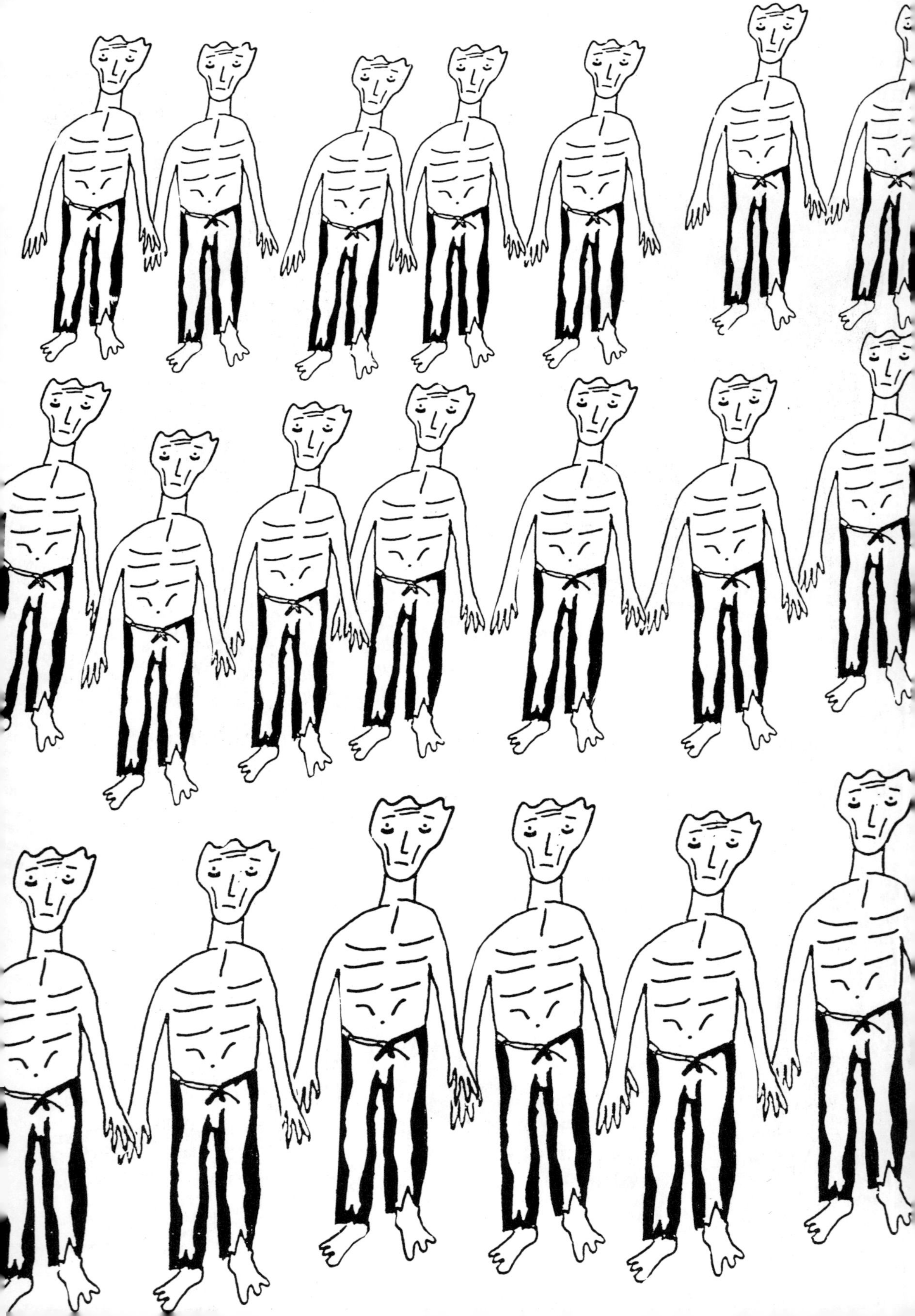

Le point sur...

D'ÉTRANGES IMAGES

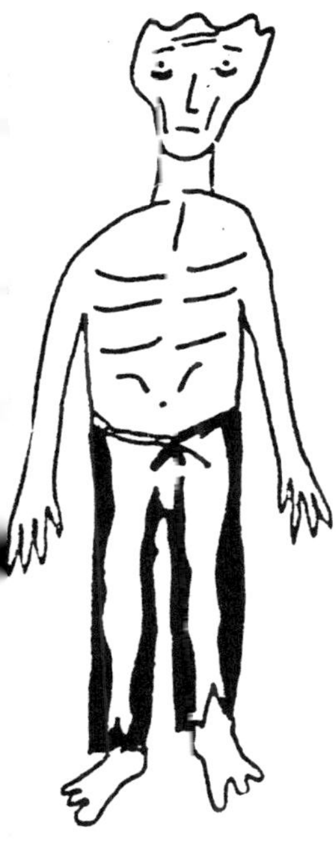

La télévision nous administre quotidiennement des images insoutenables : villes et villages bombardés, massacres, longues files de réfugiés harassés, traînant leur pauvre bagage, mourant de faim et de soif, soldats prisonniers, avec leurs uniformes en lambeaux, entassés derrière des kilomètres de fils de fer barbelés et cet enfant abandonné dans un paysage de ruines !

En même temps qu'elles font horreur, ces images fascinent. On ne peut s'empêcher de les regarder : chez les plus âgés, elles éveillent des souvenirs. Ces souvenirs sont bien plus anciens qu'eux. Les corps massacrés que nous voyons au cinéma ou à la télévision, nous pouvons aussi les regarder dans les musées.

Quelle différence entre la guerre du Viêt-Nam telle que nous la montrent tant de films américains, la guerre de Trente Ans représentée dans les *Misères de la guerre* du dessinateur Jacques Callot au XVIIe siècle ou l'occupation de l'Espagne par les troupes de Napoléon dans les gravures que Goya consacre aux *Désastres de la guerre ?* Oui, la guerre est un mot atroce et ce qu'il désigne dépasse complètement notre imagination : c'est un malheur impensable. Cependant, si ce malheur fondait un jour sur notre pays, nous savons que chacun serait touché. Nos vies et nos pensées seraient bouleversées. L'armée descendant les Champs-Élysées au 14 Juillet devant le président de la République, le déploiement de la patrouille de France et tous ces films d'archives qui montrent les ennemis d'hier se serrant la main, le retour des soldats, la joie dans les rues, Paris libéré, le général de Gaulle faisant son entrée à Notre-Dame alors que les mitrailleuses crépitent encore, la musique militaire et les bals populaires ne sont-ils pas aussi des images de guerre ? C'est la guerre qui fait l'Histoire et personne ne peut vivre en dehors de l'Histoire.

Et puis, qu'est-ce que la paix ? Quand on dit, « faire la paix », cela désigne une action définie et bien délimitée dans le temps : signer un traité de paix, un armistice. Une fois le traité signé, nous sommes en paix. Le plus important, naturellement, c'est : « être en paix » et y rester le plus longtemps possible ! Alors que : « faire la guerre » est une action complexe, qui risque de durer. Et « être en guerre » c'est tout simplement voir les malheurs de la guerre se prolonger, dans le bruit et la fureur. La guerre est une chose qu'on « fait », c'est une action. La paix est un état. Peut-on définir cet état ? D'après saint Augustin, un philosophe latin né trois siècles après J.-C., il existerait deux définitions de la paix. Ou bien c'est un état positif en soi, on pourrait presque dire une volonté. La paix serait ainsi le contraire de la guerre. Ou bien la paix est simplement une absence de guerre. Elle n'est pas opposée point par point à la guerre. La paix est : « Un ordre pacifique ordinaire ». Quand la guerre éclate, elle atteint tout le monde. Mais elle n'a jamais rien « d'ordinaire ». Elle ne prend pas toujours la même forme, ne touche pas également les uns et les autres, ne se fait pas avec les mêmes armes, ni avec les mêmes acteurs.

CHRONIQUE DE LA GUERRE

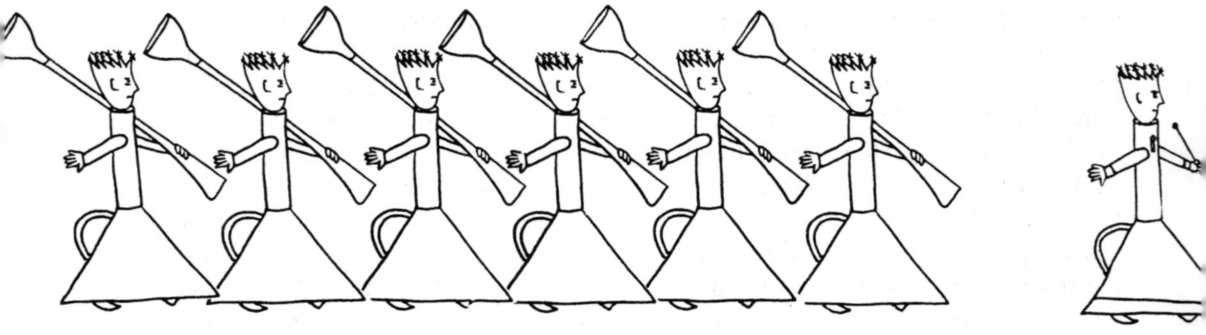

Jean-Jacques, le conscrit

Nantes, septembre 1960 : la feuille de route est arrivée. Après son échec aux examens qui avait marqué la fin de son sursis, Jean-Jacques l'attendait, cette feuille de route et il se demandait à quoi elle ressemblerait. C'est un banal papier administratif sur lequel, à côté de son nom, est inscrit sa destination : Soissons. Jean-Jacques respire. Il craignait d'être envoyé directement en Algérie où, depuis 1956, les soldats du contingent combattent aux côtés des engagés l'insurrection nationale algérienne.

Blois, novembre 1960 : deux mois de « classes ». Après dix-neuf ans d'études, Jean-Jacques espérait être libéré de l'enseignement. Il y est contraint plusieurs heures par jour, apprenant à monter et démonter son arme, à franchir le parcours du combattant, à donner les premiers soins en cas de blessures. Ce n'est pourtant pas ce qui le surprend le plus, mais les curieuses coutumes de ce nouveau monde : l'uniforme, solide et commode, mais qui lui paraît triste et raide, les rapports humains, hiérarchiques et sans chaleur et surtout l'attente, l'attente interminable !

Chaque jour, il passe plusieurs heures à ne rien faire, regrettant seulement de n'avoir rien à lire : « Ne t'inquiète pas, lui ont dit ses supérieurs auxquels il se plaignait, quand tu seras à la guerre, tu ne feras qu'attendre. » Cela ne l'a pas rassuré, bien au contraire. Il n'a aucune envie de faire la guerre, en Algérie ou ailleurs.

Blois : décembre 1960 : c'est aujourd'hui qu'on a connu les affectations. Chacun y allait de son commentaire. De l'Algérie, on redoute les violences, cette guerre non déclarée, injuste et cruelle, qui fait peur à tous malgré la beauté du pays. Jean-Jacques ne voudrait aller nulle part. Il a été soulagé d'apprendre qu'il échappait à l'Algérie, mais ce réconfort n'a guère duré : on l'envoie à Berlin que les troupes soviétiques ont entouré d'un mur depuis le mois d'août. « Comme ça, si la guerre éclate, tu seras aux premières loges, lui ont fait remarquer ses amis ; et comme ce sera une guerre nucléaire, ça sera vite réglé ! Pas comme cette guerre d'Algérie qui dure depuis 1954 ! ».

Jean-Jacques ne répond pas. Il est bien d'accord pour défendre son pays et n'a pas cherché à échapper à la conscription. Pourtant, il aimerait bien ne pas avoir à faire la guerre. Il aimerait surtout que le service soit fini. Quinze mois à tirer ! Si aucune loi ne vient encore allonger la durée du service.

Jacques, l'officier de carrière

Malgré son allure sportive et sa prestance, Jacques n'est guère à l'aise en société. Il n'est d'ailleurs pas facile de l'inviter : consignes, manœuvres, gardes sont ses prétextes pour fuir les réunions mondaines et les obligations familiales. Ce n'est pas non plus un grand causeur. Il parle droit et simple et n'aime pas les finesses de la conversation de salon. Si on parle voyages, il cite, timidement, des lieux exotiques : Tchad, Djibouti, Nouvelles-Hébrides, mais avoue résider dans des villes tristes et boueuses : Mourmelon, Suippes. Sa réserve suscite souvent l'ironie de ses amis : « Tu n'es pas toujours tenu au secret ! ». Ce n'est pourtant pas la peur des espions qui le fait rester silencieux, mais la certitude de ne pouvoir expliquer à d'autres ce qu'est sa vie.

Il a conscience que son métier est plus qu'une profession. Comme il le dit parfois, son entreprise est la seule à pouvoir exiger de ses employés qu'ils lui abandonnent leur vie. Comment expliquer cela ? Malgré les concours qu'il a dû passer pour entrer à l'école de Coëtquidan et les stages et examens qu'il doit faire régulièrement, il ne se sent pas un professionnel, mais membre d'une famille et peut-être même d'une secte. Il ne l'avouera pas à ses amis civils, mais le seul endroit où il se sente à l'aise, au milieu d'hommes vêtus comme lui, au bureau, en manœuvres ou au mess, c'est parmi les siens, les officiers. Et si un jour, par malheur, un conflit sérieux éclate, Jacques ne sera pas pris au dépourvu. Il dépend de ses supérieurs qui dépendent de l'état-major et il se tient prêt à partir au premier commandement.

Joe, le mercenaire

Joe O'R..., sort de la salle de boxe. Ah, s'il avait autant de billets en poche qu'il a donné de directs dans le sac de sable d'entraînement, il serait riche ! Ne rêvons pas. Joe ne sera jamais un professionnel. Jamais il ne connaîtra l'ivresse du ring les soirs de grands combats. Et puis, pourquoi donc se faire défoncer la figure ? Par sportivité ? à d'autres ...

C'est vrai, Joe aime les sports de combat. A Londres, on le connaît dans toutes les salles de karaté ou d'escrime et plus encore au tir. Les armes à feu n'ont pas de secrets pour lui. Il pourrait facilement tenir une armurerie. Mais voilà, pour se mettre marchand, il faut une licence de port d'armes, et puis une patente et Joe n'a rien de tout ça. Il ne possède pas le plus petit penny pour louer une boutique et il n'a aucune envie de remplir des paperasses administratives. Joe a pourtant envie de s'employer, de pratiquer de façon régulière la précision de son coup d'œil, la vivacité de ses gestes et, disons-le en un mot, son sang-froid. S'engager dans la police ? Joe y a bien songé, mais c'est encore l'administration, des paperasses. Il ne pourrait supporter de rester dans un bureau la moitié de la journée. Il rêve d'aventures, de grands espaces. Alors, les petites annonces ?

Le regard de Joe parcourt négligemment les colonnes du journal et soudain : Maison d'armes à feu cherche bon connaisseur. S'adresser à ... tiens, si j'allais voir ? Au fond d'une impasse, une plaque discrète : Société AMS, 5e étage. Joe escalade quatre à quatre l'escalier en colimaçon. Un bureau anonyme : aux murs quelques affiches du Transvaal, une savane, un lion tapi derrière les hautes herbes, une autre affiche : un Mexicain endormi sous son immense chapeau ; une table de cuisine avec un téléphone et, derrière le téléphone, un type aussi anonyme que le bureau. Sauf qu'il semble à Joe l'avoir déjà rencontré dans une salle de tir.

La conversation a été très brève. Joe a-t-il entendu parler des troubles graves qui se produisent, actuellement, dans un pays d'Afrique ? Eh bien, l'homme anonyme représente justement les intérêts du président de ce pays, en guerre avec une bande de révoltés. Des bandits qui n'ont aucun projet et ne songent qu'à piller et à massacrer. Le président, lui, voudrait rétablir l'ordre et la démocratie. Mais son armée est bien faible et manque surtout d'officiers. Joe serait-il d'accord pour partir là-bas servir d'instructeur et, à l'occasion, faire le coup de feu ? Moyennant une bonne paie, naturellement.

Joe est d'accord ; le lendemain même, il s'embarquait pour

l'Afrique les poches bourrées d'argent. Sa première rencontre avec le président fut des plus chaleureuses. Joe fut présenté aux principaux officiers de l'armée présidentielle, des hommes visiblement sans expérience de la guerre mais pleins d'enthousiasme. Quant aux troupes !... des paysans qui, de leur vie, n'avaient tenu un fusil. Il allait falloir tout leur apprendre, mais Joe n'était pas le seul instructeur. Quelques officiers de différentes nationalités : trois Hollandais, deux Italiens, des Libanais et même un Russe entraînaient déjà les soldats. Ces officiers étrangers apprirent vite à se connaître. Ils jouissaient d'un traitement de faveur et, à tour de rôle, par groupes de trois ou quatre, ils dînaient chez le président et le mettaient au courant de l'organisation progressive de son armée. Les rebelles se tenaient non loin de la capitale et, tous les soirs, il y avait des escarmouches dans les banlieues.

Joe se rendit compte très vite que les rebelles avaient aussi à leur tête un président. Qu'ils étaient également des paysans devenus soldats et qu'ils avaient sans doute d'aussi bonnes raisons de se battre que leurs adversaires. Mais Joe n'était pas là pour choisir entre deux camps, pour dire qui avait raison et qui avait tort. Le président numéro 1 l'avait recruté. Il le payait bien, le traitait noblement et Joe était décidé à se montrer loyal. Joe avait choisi un métier : la guerre. Il la ferait donc. Le jour de la victoire, Joe n'aura rien à demander. Ni décorations, ni poste ministériel. Il aura rempli son contrat : le président et lui seront quittes. Et si la situation se retournait ? si les rebelles remportaient la victoire et s'installaient dans la capitale ? Cela voudrait dire qu'ils sont meilleurs combattants. Alors, Joe songera peut-être à offrir ses services au président numéro 2.

Jeannine, une civile

Jeannine scrute le ciel avec inquiétude. Elle qui a toujours vécu entourée d'hommes, depuis quelques mois, la voilà chef de famille. Son père vient de mourir, de chagrin peut-être ; ses deux frères sont partis le 4 août 1914, le jour de la déclaration de guerre et son mari a été incorporé dans la territoriale. Au moins lui n'ira pas directement au front ! A présent c'est elle qui doit faire marcher la ferme. Toute la responsabilité repose sur ses épaules et elle n'a que vingt-six ans. Une ferme de soixante hectares, ça ne se gouverne pas comme ça ! D'autant qu'elle n'a que des vieux pour l'aider. Tous les valets de ferme de moins de trente ans sont à la guerre. Et la vie est devenue si compliquée. D'abord les restrictions : pas de pièces de rechange pour les machines ; interminables queues à la mairie pour obtenir les tickets de rationnement car tout est rationné : le cuir, le fer, le charbon, le fourrage pour les animaux et, maintenant, les métrages d'étoffe pour les vêtements de travail. Jeannine doit faire face à tout. Elle ne peut compter ni sur sa mère, trop usée par la vie, ni sur ses sœurs, trop jeunes et encore insouciantes. Et voilà qu'on dit que le front se déplace ! Hier, le bruit courait que Beauvais avait été bombardé dans la nuit. Au bout du champ, une voisine l'appelle : — Les Boches arrivent ! il faut partir, on a déjà tout chargé sur les carrioles !...

Qu'est-ce que ça veut dire ? Charger quoi ? Les meubles, les dix vaches, les chevaux, le poulailler ? Jeannine ne peut imaginer une chose pareille. Abandonner la ferme où elle est née, où ses parents ont travaillé, ne pas attendre ici, chez elle, le retour des hommes, perdre tout ce qu'on possède ! Pis encore, voir la France envahie et le drapeau allemand, l'aigle noir prussien remplacer les trois couleurs au fronton de la mairie et de l'école ! impossible ! Jeannine serre les poings. De toutes façons, qu'a-t-elle à rester plantée là quand la besogne l'attend ? Très loin on perçoit comme un grondement : le canon. Jeannine le sait mais ne veut pas l'entendre. Elle se dirige vers l'étable pour distribuer le fourrage. La canonnade redouble. On distingue à l'horizon une masse noire. Les lignes ennemies avancent, inexorablement.

LES CHIFFRES...

Ils sont indispensables, et toujours faux. Pendant des décennies, l'Union soviétique et la Chine ont annoncé qu'ils possédaient chacun cinq millions d'hommes prêts à combattre. C'était peut-être vrai. Cela servait aussi à décourager les agresseurs éventuels. On peut avoir intérêt à dissimuler ou augmenter le nombre de ses soldats, ou l'ampleur de ses pertes, pour des motifs politiques.

Les chiffres sont faux, aussi, parce qu'ils sont impossibles à établir : on ne saura sans doute jamais avec précision le nombre des victimes d'une semaine de guerre en plein cœur de Paris, lors de la Commune de 1871 : 10 000 ou 30 000 morts ? Plus près encore, on a renoncé à dénombrer les morts français (20 000 ou 30 000 ?) ou algériens (100 000 ou 300 000 ?), de la guerre d'Algérie, pourtant si proche de nous. C'est dire combien il est difficile de parvenir à des données fiables pour des conflits plus lointains. Les chiffres, même imprécis et contestés ont pourtant une signification. Que la guerre du Golfe ait fait quelques dizaines de victimes chez les Alliés et plus de 100 000 du côté des Irakiens en dit long sur l'inégalité des forces en présence. Que quelques années de guerre civile aient causé, au Cambodge ou en Afghanistan, la mort probable du tiers de la population doit nous faire réfléchir : sommes-nous vraiment capables d'imaginer la disparition dans un conflit de vingt millions d'habitants de notre pays, ou d'un tiers de nos parents et de nos meilleurs amis ?

De toutes façons, les chiffres sont toujours sous-évalués. Si l'on réduit à vingt millions de victimes les pertes de la guerre de 1914-1918, et à cinquante millions celles de la Seconde Guerre mondiale, on ne fait que le compte des morts. On oublie que les survivants sont aussi des victimes : mutilés, veuves, enfants orphelins, personnes déplacées (au moins sept millions lors de la guerre qui déchira l'Inde en 1947 ; qui s'en souvient de nos jours ?). Même les dégâts matériels ne peuvent s'évaluer facilement : qui pourra évaluer la douleur d'une famille devant sa maison détruite et sa ville ravagée ? Lorsque nous lisons, rangés dans des tableaux statistiques les chiffres de la guerre, ne nous contentons pas d'additionner les colonnes. Et souvenons-nous que pour la souffrance, l'arithmétique n'a guère de signification.

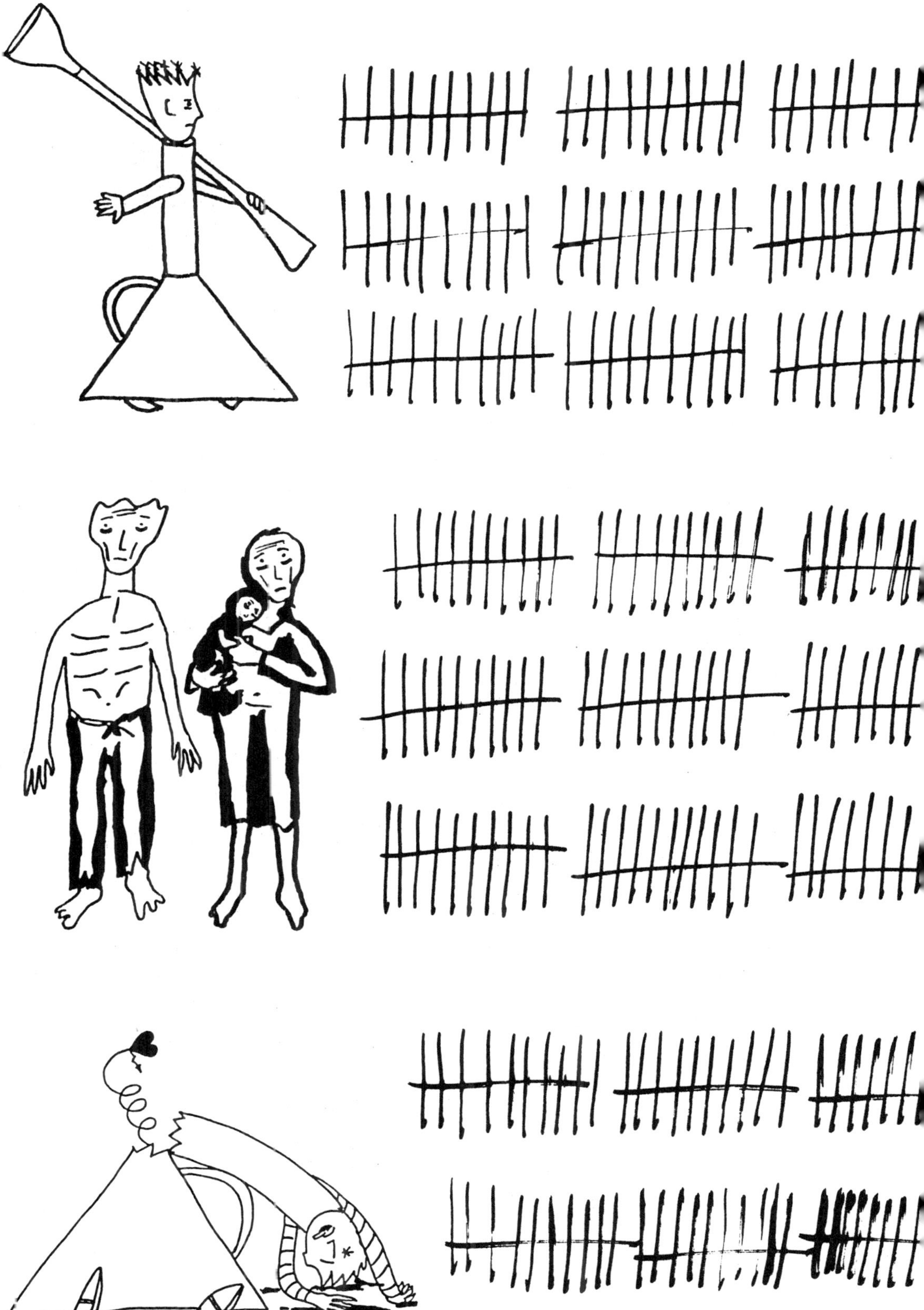

LES MOTS...

Stratégie : Art de mener les armées à la guerre en fonction des objectifs choisis. C'est elle qui décide quel adversaire attaquer et à quel moment et, par conséquent, du style de la guerre : guerre offensive ou défensive, guerre éclair, guerre de conquête ou de destruction, guerre d'usure... Elle est en fin de compte l'affaire des hommes politiques autant que des chefs militaires.

Tactique : Art de mener les troupes au combat. Elle s'adapte aux circonstances de l'heure et du lieu ainsi qu'aux moyens disponibles. Elle est l'affaire des officiers et des soldats eux-mêmes.

Neutralité : Situation d'un pays qui a choisi de n'entrer dans aucune alliance de type militaire. Pendant la Seconde Guerre mondiale, la Suisse, la Suède et l'Espagne s'étaient déclarés pays neutres. Aujourd'hui, la Suisse, la Suède et l'Autriche sont toujours des pays neutres. La plupart des nations sont membres d'une alliance. Dans le cas de la Suisse, sa tradition de neutralité lui a fait refuser d'entrer aux Nations unies.

Discipline : Selon les plus anciens analystes de la guerre, la discipline fait la force des armées. Un soldat doit donc obéir, sans aucune réticence, aux ordres donnés. Poussée à son extrême, cette conception de l'obéissance a permis de justifier les plus graves atrocités. Aussi les pays démocratiques sont-ils conduits, non sans hésitation, à admettre l'existence, dans certains cas, d'un devoir de désobéissance à des ordres particulièrement odieux. Cette précaution est très rarement respectée.

Déclaration de guerre, Capitulation, Cessez-le-feu, Trêve, Armistice, Paix : Depuis que les hommes ont commencé à se combattre, ils ont élaboré des procédures qui permettent de séparer les périodes d'hostilité des périodes de paix. Chacun connaît la hache de guerre et le calumet de la paix que les Indiens utilisent pour commencer leurs conflits et y mettre fin. Il était d'usage, au début du siècle, de « déclarer la guerre » aux adversaires avant de s'affronter à eux. Cette procédure est rendue inutile par les armes modernes qui supposent un effet de surprise et donc excluent toute déclaration préalable. La fin des combats a suscité des institutions diverses auxquelles les combattants contemporains ont encore recours :

- la trêve, suspend les hostilités pour une durée déterminée. L'absence d'accord à la fin de cette période entraîne la reprise des combats ;
- la capitulation du vaincu qui accepte alors les exigences du vainqueur arrête définitivement les combats. Pour empêcher une prolongation sans fin des combats, les belligérants peuvent aussi signer :
- un cessez-le-feu qui suspend sans terme les hostilités, à moins qu'un des deux belligérants ne décide de le « rompre » en reprenant les armes ;
- l'armistice, qui clôt la période des hostilités, résulte de négocations complètes ;
- le traité de paix est plus rare, parce que plus difficile à établir. Il est supposé régler tous les problèmes entre les belligérants. Les diplomates contemporains trouvent plus adapté à la réalité de constater la fin des combats que de proclamer l'état de paix. Les vainqueurs de la Seconde Guerre mondiale ont ainsi attendu quarante ans avant de signer un traité de paix avec l'Allemagne.

Antimilitarisme : Certaines personnes n'aiment pas l'armée. Elles considèrent que c'est un corps parasite qui coûte cher à la nation, fait perdre aux jeunes gens des mois utiles et, en cas d'attaque, n'est pas toujours à la hauteur de l'événement. Cette opinion tranchée n'est pas sans fondements. Dans certains pays, l'importance que l'armée se donne conduit souvent à la dictature. D'un autre côté, en temps de guerre, qui prend les décisions ? Ce n'est pas l'armée mais le pouvoir politique, bien sûr, car il représente l'ensemble des citoyens. Une plaisanterie antimilitariste exprime bien cette opinion : la guerre est une chose trop sérieuse pour être laissée aux militaires.

L'homme ne fait pas la guerre qu'aux hommes. Le mot désigne aussi des combats contre ce qui limite ou agresse la vie humaine. On fait ainsi la guerre contre toutes sortes de calamités : la pauvreté, les maladies, la famine, l'analphabétisme, la drogue, etc. Ne dit-on pas : les combattants du droit, les soldats de la liberté, l'armée du Salut ?

... LES PHRASES

384-322 av. J.-C., Aristote : L'objet de la guerre, c'est la paix.

1831, Karl von Clausewitz : La guerre est la continuation de la politique par d'autres moyens.

1866, Herman Melville : Toutes les guerres sont enfantines et livrées par des enfants.

1945, Jacques Prévert :

(...) Oh Barbara
Quelle connerie la guerre
Qu'es-tu devenue maintenant
Sous cette pluie de fer
De feu d'acier de sang
Et celui qui te serrait
dans ses bras
Amoureusement
Est-il mort disparu
ou bien encore vivant (...)

1667, John Milton : La paix ne corrompt pas moins que la guerre ne dévaste.

1938, Mao Tse-toung : L'armement est un facteur important mais non décisif dans la guerre ... l'homme, non l'armement, est le facteur décisif.

1200, Bertrand de Born :
(...) j'ai grande allégresse
Lorsqu'aux champs
Je vois se ranger
Chevaux et cavaliers en armes
J'aime, devant les éclaireurs,
Voir les gens fuir avec leurs biens.
J'aime voir venir sur leurs traces
La grande foule des soldats (...)

1815, Wellington : Rien, sinon une défaite, n'est aussi mélancolique qu'une victoire.

1904, Thomas Hardy : Ce que je maintiens, c'est que la guerre fait joliment bien dans l'histoire et que la paix fournit une pauvre lecture.

1835, Alfred de Vigny : En général le caractère militaire est simple, bon, patient ; et l'on y trouve quelque chose d'enfantin, parce que la vie des régiments tient un peu de la vie des collèges. Les traits de rudesse et de tristesse qui l'obscurcissent lui sont imprimés par l'ennui, mais surtout par une position toujours fausse vis-à-vis de la Nation et par la comédie nécessaire de l'autorité

1934, Albert Einstein : Je méprise profondément ceux qui aiment marcher en rang sur une musique : ce ne peut être que par erreur qu'ils ont reçu un cerveau ; une moelle épinière leur suffirait amplement.

1880, Florence Nightingale : Une certaine dose de stupidité est nécessaire pour faire un bon soldat.

1920, Jaroslav Hasek : La discipline, tas d'abrutis, il la faut, parce que sans elle, vous grimperiez aux arbres comme des singes, mais le service militaire fait de vous, espèces d'andouilles, des membres de la société humaine ! (...) et cela aussi, mon ami, prouve bien que l'esprit s'abrutit totalement dans le métier des armes

1913, Charles Péguy

Heureux ceux qui sont morts pour la terre charnelle.
Mais pourvu que ce fut dans une juste guerre.
Heureux ceux qui sont morts pour quatre coins de terre.
Heureux ceux qui sont morts d'une mort solennelle.
Heureux ceux qui sont morts dans les grandes batailles.
Couchés dessus le sol à la face de Dieu (...).
Heureux ceux qui sont morts pour leur âtre et leur feu.
Et les pauvres honneurs des maisons paternelles (...).

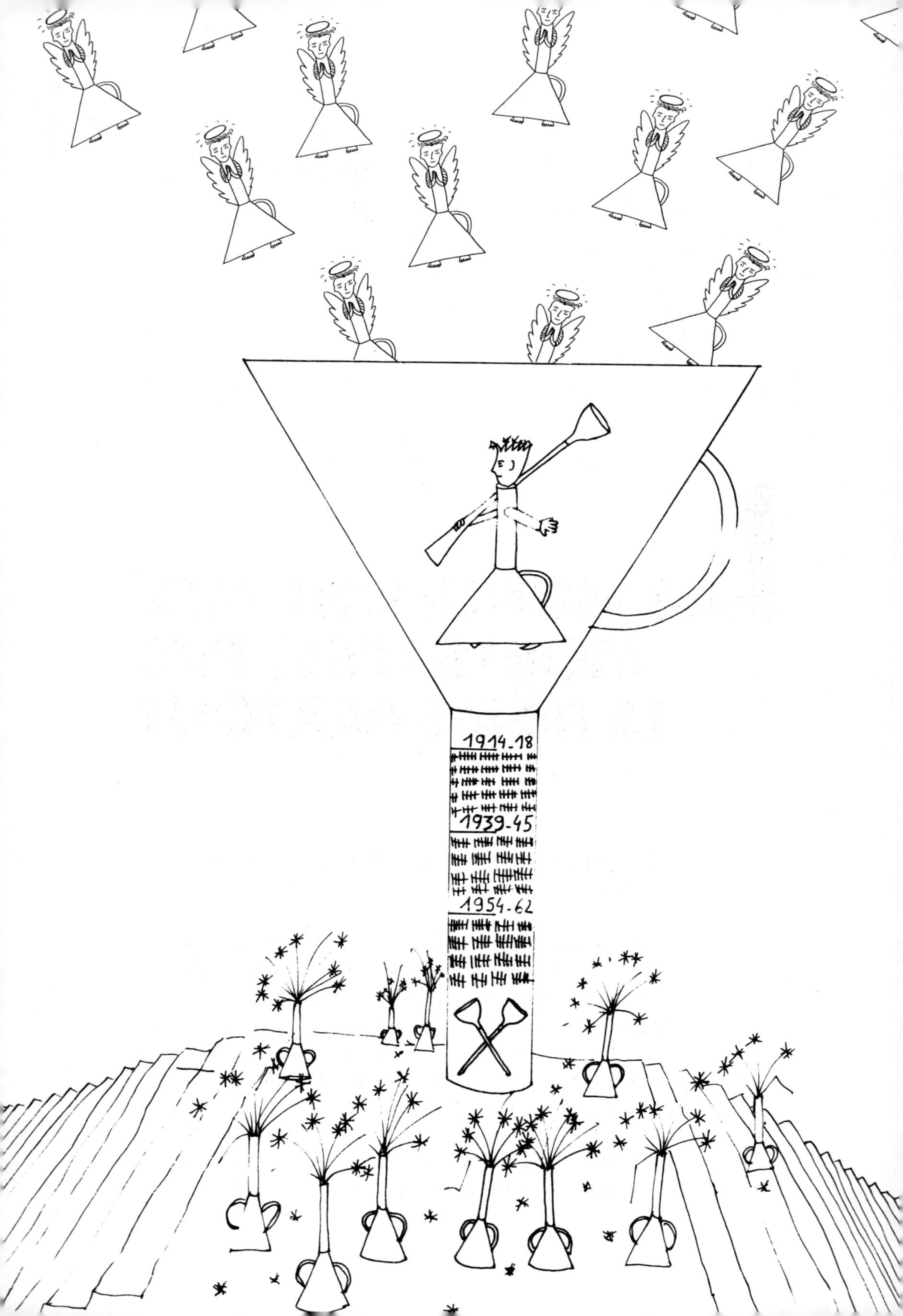
1914-18
1939-45
1954-62

Du monde entier...

LE MONUMENT AUX MORTS N'EST PAS LE MÊME PARTOUT

La guerre est un fléau sans cesse recommencé.

On dirait que personne n'en veut et, cependant, nombreux sont ceux qui la déclenchent. Au point de départ c'est plutôt une action honteuse. En tout cas ce n'est pas moi, mon peuple, ma nation, mon gouvernement qui l'ont provoquée, c'est l'autre qui est le principal responsable. Quand un pays est envahi, il est juste qu'il se défende, mais l'adversaire se prétend aussi dans son bon droit. Parfois, c'est à l'intérieur du même pays qu'on se bat pour un seul territoire. Vu de l'extérieur, il est souvent difficile de comprendre qui a commencé, qui a raison ou si les torts sont véritablement partagés.

Du nord au midi, d'est en ouest et à toutes les époques, on assiste à des scénarios identiques. À croire que la guerre est, non seulement inévitable, mais utile. Il y a des guerres rapides et violentes et des guerres interminables. Il y a aussi des guerres dont les nations sont fières qu'elles revendiquent même, et d'autres que, d'un commun accord, on essaye de dissimuler. Mieux vaut ne pas faire savoir aux jeunes générations que telle guerre coloniale a fait un si grand nombre de victimes. Il suffit de parcourir la France.

Dans le moindre village il y a, hélas, un monument aux morts où s'inscrit la longue liste des habitants tués à la Grande Guerre de 1914-1918, puis à celle de 1939-1945. Dans les deux cas la France avait été envahie. Mais trouve-t-on toujours les noms des conscrits morts à la guerre d'Algérie ? Ceux-là manquent de monuments.

Oui, il y a des guerres glorieuses et d'autres qui le sont moins.

Le droit du plus fort

• *Mélos, vers 400 av. J.-C.*

Il ne fait pas bon prétendre à l'indépendance quand on est une petite cité et que les grandes, Athènes et Sparte, s'affrontent. Mélos, petite île grecque, pensait pouvoir conserver son amitié pour les Spartiates. Les Athéniens en ont décidé autrement et leurs ambassadeurs ont sommé les Méliens de renoncer à leur alliance. Quand ils ont protesté de leur bon droit, de leur indépendance, de leur liberté, les Athéniens ont répondu que rien de cela ne comptait s'ils n'avaient pas aussi la puissance militaire. Inquiets, mais fiers, les Méliens ont persisté. Ce matin, une armée, arrivée d'Athènes dans la nuit, a massacré les hommes jeunes et emmené en esclavage le reste de la population. Un historien athénien, Thucydide, reconnaît que le droit est bien malmené dans cette affaire, mais la guerre est une école de réalisme et le sort des Méliens servira de leçon à toute la Grèce. Peut-être aux Athéniens eux-mêmes dont la supériorité sur les Spartiates n'est pas assurée.

Disparition d'un héros de l'idéal

• *Quebrada del Yuro, 8 octobre 1967*

Le bruit court qu'Ernesto Guevarra, dit le Che, a été capturé par l'armée bolivienne aidée par les informateurs de la CIA, les services secrets américains. Il aurait été passé immédiatement par les armes. Cet étonnant personnage aurait donc terminé sa carrière révolutionnaire dans les montagnes andines. Il a disparu, sans amis, sans témoins. Un jour, on racontera l'aventure de ce guerillero indomptable. Jeune étudiant argentin, Che Guevarra rejoint Fidel Castro pour libérer Cuba de la dictature de Batista et de l'emprise américaine. Castro a le pouvoir ; il se sépare de lui, on n'a jamais su vraiment pourquoi. Il parcourt l'Amérique latine et, sans relâche, se fait le défenseur des peuples exploités. Aux Nations Unies, il devient le porte-parole du tiers-monde. Mais cela ne suffit pas à ce justicier assoiffé d'idéal. Il veut donner de sa personne, se battre aux côtés des opprimés. Devenu l'ennemi public du gouvernement américain, sa tête est mise à prix et il est pourchassé par les agents de la CIA. Enfin, on signale sa présence dans les maquis de Bolivie. La CIA avait promis de l'abattre, elle a gagné son pari !

Les cloches sanglantes

• *Paris, 24 août 1572*

Ceux qui croyaient encore possible un accord entre catholiques et protestants du royaume de France ont perdu tout espoir. Cette nuit, au son des cloches de Saint-Germain-l'Auxerrois, les catholiques parisiens ont commencé le massacre des protestants. Leur chef, le vieil amiral de Coligny, a été la première victime. On estime à plus de trois mille les corps qui gisent dans la rue ou qui dérivent au fil de la Seine. Et on murmure que Charles IX lui-même a participé au massacre. Que veut dire un événement si brutal ? La semaine dernière, Coligny travaillait encore à unir les Français de toutes confessions contre les ennemis du royaume. Aujourd'hui, les fanatiques triomphent ! L'ambassadeur d'Espagne et le représentant du Pape sont venus présenter leurs félicitations au très chrétien roi de France, si bon protecteur du catholicisme. De l'autre côté de la Manche, le roi d'Angleterre, au nom de la religion réformée, s'apprête à durcir encore la répression contre les catholiques irlandais rebelles.

Le monde a tremblé

• *Cuba, 28 octobre 1962*

Les États-Unis à portée des fusées soviétiques ! Cette nouvelle stupéfiante a été révélée voici deux semaines par John Kennedy, le président américain. Sans hésiter, il a mis le blocus autour de l'île de Cuba où les armes avaient été installées à la demande de Fidel Castro. Il a intimé aux Soviétiques l'ordre de retirer leurs missiles. Durant toute la semaine, le suspense s'est appesanti sur la planète. Tandis qu'une flotte soviétique, chargée d'armes et de matériel, s'approchait des côtes cubaines, les chefs des nations occidentales proclamaient leur ralliement au président des États-Unis. La crise s'est dénouée ce matin : arrivés en vue des bateaux américains, les navires soviétiques ont fait demi-tour. Au même moment, le dirigeant soviétique Khrouchtchev, annonçant le retrait des fusées installées à Cuba, proposait au président Kennedy des négociations sur les principaux sujets de désaccord entre leurs deux pays. Partout dans le monde, c'est le soulagement. Il est vrai que, cette fois-ci, la guerre froide a bien failli devenir chaude !

Où va se nicher l'honneur d'une nation !

• *Hong-Kong, 1856*

On n'insulte pas impunément le drapeau britannique. Le gouvernement impérial chinois croyait pouvoir arrêter l'équipage du navire Arrow, pris en flagrant délit de trafic d'opium. Le bateau vient de Hong-Kong, colonie anglaise, et bat pavillon britannique. Le Premier ministre Palmerston n'a pas hésité : devant ce qu'il considère comme une agression intolérable, avec l'appui de la France, il vient de lancer ses troupes sur la Chine pour la contraindre à relâcher les contrebandiers et à les laisser poursuivre leur activité. Le trafic de drogue rapporte chaque année plus de dix millions de livres sterling à l'administration et aux hommes d'affaires anglais. Certains opposants au gouvernement de Sa Très Gracieuse Majesté se demandent pourtant s'il était réellement indispensable de mettre en cause le prestige de la couronne pour ce qu'on appelle déjà : la Guerre de l'opium !

La guerre Picrocholine

• *Abbaye de Seuillé, 1535*

La guerre qui oppose le roi Picrochole à son voisin et ennemi Grandgousier vient de prendre un tour nouveau avec l'invasion du royaume de ce dernier par une armée de 51 025 soldats, armés de 914 pièces d'artillerie. Cette horde invincible a pourtant connu un dur échec en tentant à s'emparer du verger des moines de l'abbaye de Seuillé défendu avec l'énergie du désespoir par le frère Jean des Entommeures. Le valeureux moine aurait mis hors de combat à coups de bâton 13 622 soldats ennemis. C'est du moins ce qu'annonce l'écrivain bien connu Alcofribas Nasier dans son livre *Gargantua* que les Français s'arrachent. Ces événements ne sont évidemment pas exacts, pas plus que le nom de l'auteur qui s'appelle en réalité François Rabelais. Peut-être est-il préférable de rire de cette guerre entre vendangeurs et pâtissiers que de se préparer à celle qui paraît chaque jour plus proche entre catholiques et réformés.

Champ de bataille au centre de Paris

• *Paris, 2 juin 1848*

Le canon tonne dans les rues de Paris. Depuis que les ouvriers parisiens, en février dernier, ont renversé la monarchie, la capitale ne connaît plus le calme. Grèves, pétitions, manifestations troublent sans arrêt la préparation de la nouvelle Constitution. Mais, aujourd'hui, il ne s'agit plus d'une protestation. A l'annonce que le gouvernement provisoire supprimait les ateliers nationaux, mettant ainsi des dizaines de milliers d'entre eux au chômage, les ouvriers ont pris les armes et commencé à monter des barricades. Aux Halles, à Beaubourg, à Saint-Lazare, on se bat : blouses blanches et bleus des ouvriers contre uniformes de l'armée et de la garde nationale. Certes, l'armée a une revanche à prendre sur l'humiliation de février. Mais c'est la garde nationale, composée de citoyens en armes venus de province, qui se montre la plus enragée contre les ouvriers. Derrière des barricades emportées à grand peine, on ne compte plus les exécutions sommaires. On parle déjà de cinq mille morts. Pour les observateurs : le Français Alexis de Tocqueville, l'Allemand Karl Marx, le doute n'est pas permis. Plus qu'une émeute, c'est une véritable guerre qui se déroule sous leurs yeux. La guerre, interminable, que se livrent, depuis des siècles, d'un côté ceux qui n'ont rien : les prolétaires ; et de l'autre les propriétaires, bourgeois ou paysans.

Une finale qui finit mal

• *Bruxelles, 29 mai 1985*

Finale de la Coupe d'Europe des clubs champions : Turin contre Liverpool. Le stade du Heysel est plein à craquer. Les Italiens sont venus en force soutenir les vaillants Turinois menés par leur capitaine Platini. Sur les gradins, les admirateurs des deux camps, mêlés en une joyeuse pagaille, trépignent et se montent sur les pieds. Dans le monde entier, les téléspectateurs retiennent leur souffle : le match va commencer ! Mais que se passe-t-il donc ? Comme à un signal, les supporters de Liverpool se déchaînent. Les boîtes de bière volent et atteignent des têtes. Soudain, c'est la bagarre, inattendue, brutale ! Les supporters anglais, devenus des bêtes féroces, se ruent sur le public italien. Les gradins s'écroulent, les Anglais s'acharnent, frappent les gens à terre. La police bruxelloise encercle le stade, y pénètre. Trop tard ! Bilan de ce triste match : trente-neuf morts. Les joueurs accablés, les Italiens les larmes aux yeux, les Anglais pâles de honte, abandonnent le terrain. Cette horreur, ils ne l'avaient pas voulue.

Ah ! le beau spectacle !

• *France, 1180*

Au signal des hérauts, le combat a commencé. Des deux extrémités de l'immense terrain, les troupes de cavaliers s'élancent l'une vers l'autre. D'un côté, il y a les Français, menés par Enguerrand de Coucy. De l'autre les Anglais, menés par Guillaume le Maréchal qu'on dit « le meilleur chevalier du monde », entourent le jeune prince Henri, fils du roi d'Angleterre. Le choc est violent et l'on entend au loin le fracas des épées et des lances sur les armures. L'affrontement dure jusqu'à la fin du jour. Les Anglais l'emportent enfin ! Guillaume a fait trois prisonniers dont il tirera une bonne rançon. Tout le monde est content : ce tournoi de Chartres fut splendide et il n'a pas fait de morts, à l'inverse de celui de Reims, il y a deux semaines. Après un banquet bien arrosé, les adversaires se sont donné rendez-vous au prochain tournoi. A Poitiers, dans un mois, à moins que la croisade, dont on parle de plus en plus ces temps-ci, ne permette à tous ces chevaliers de se réunir pour affronter ensemble les redoutables Sarrazins de Saladin. Ils se promettent déjà un superbe combat. Le tournoi n'est qu'un jeu guerrier, la croisade offre des sensations plus fortes. Dommage qu'on ne puisse emmener les dames. C'est toujours plus beau s'il y a des spectatrices !

Trahison

• *Paris, 18 mars 1793*

La nouvelle est tombée comme un coup de foudre : le général Dumouriez, le plus grand stratège de la Révolution, le vainqueur de Valmy et de Jemmapes, vient de passer à l'ennemi avec son état-major. On le savait plus doué pour l'intrigue que pour l'héroïsme. La Convention se méfiait de lui, mais lui avait laissé le commandement dans les

Flandres. Pensait-il se tailler une petite république à son usage dans les Pays-Bas ? Quoiqu'il en soit il s'est fait battre par les Hollandais à Neerwinden, il a négocié avec les Autrichiens et s'est engagé à leur service avec ses principaux officiers. Heureusement il n'a pu entraîner les soldats, qui se sont retournés contre lui et c'est sous le feu de ses propres troupes que le général a gagné les rangs ennemis. On se sent pris de honte à la pensée qu'un officier de la République va demain trahir des secrets militaires et porter les armes contre sa patrie.

La plus grande pétition du monde

• *Stockholm, mars 1950*

Belle initiative que le Congrès mondial des partisans de la paix ! Venus de soixante-dix pays, les délégués ont adopté un manifeste demandant à toutes les nations de s'allier pour qu'on évite désormais un cataclysme comme celui de la Seconde Guerre mondiale et, que l'on renonce solennellement à utiliser l'arme nucléaire que les États-Unis seraient seuls à posséder, au moins à avoir utilisée. Mais l'Union soviétique à son tour brandit la menace de l'arme absolue et d'autres puissances encore fabriquent des bombes atomiques. Aujourd'hui, réunis à Stockholm, les partisans de la paix, lancent un appel visant à interdire l'arme atomique. Les signatures affluent du monde entier, partis, associations, mais aussi simples particuliers ; il semble que la terre entière réclame la paix. Picasso offre au mouvement le dessin d'une colombe portant le rameau d'olivier. Le flot incessant des signatures fera-t-il renoncer à la dissuasion nucléaire ? La bonne volonté de millions d'hommes signataires de l'Appel de Stockholm fera-t-elle reculer la guerre ? Certains reprochent pourtant au mouvement d'épouser trop étroitement les thèses de l'URSS. Mais peut-on manipuler des dizaines de millions d'hommes ?

Commémoration

• *Paris, 15 décembre 1840*

Après vingt-cinq années de paix, Paris s'est replongé durant quelques heures dans le souvenir de la guerre. L'empereur est de retour ! En effet, l'insistance du roi Louis-Philippe a obtenu du gouvernement britannique le retour des cendres de Napoléon de son tombeau de Sainte-Hélène. Ce fut une manifestation inouïe. Par centaines de milliers, les Parisiens se sont pressés sur le trajet du cortège pour apercevoir le cercueil de l'empereur. Lorsqu'au lendemain de Waterloo, il partit en captivité, beaucoup le haïssaient pour les souffrances que quinze années de guerres incessantes avaient imposées au pays. Aujourd'hui, tout semble apaisé. Mutilés, veuves, orphelins, tous communient dans la même émotion de gloire et d'épopée. Dans toutes ces batailles, le peuple de Paris n'a rien gagné que le souvenir de moments où des hommes, retournés aujourd'hui à une vie monotone et modeste, faisaient trembler l'univers. Leur piété suscite l'ironie des notables et des gens instruits. Seul au milieu de la foule, un poète l'écoute et la comprend. Il est vrai que son père fut général de l'empereur. Il s'appelle Victor Hugo.

HISTOIRES

Une vie...

Jeanne s'en va-t-en guerre

PRÉFACE : La guerre juste ?

Dans la vie des hommes comme dans la vie des peuples, si la guerre est un fléau, ce n'est pas toujours le pire. D'abord, elle n'est pas toujours sanglante. Elle peut prendre une forme insidieuse, sournoise et, alors, doit-on vraiment parler de guerre ? Ne doit-on pas parler plutôt de crimes économiques, d'exploitation, d'agressivité ? Cela peut se passer au coin de ma rue, sans que j'y fasse attention. Mais, surtout, la guerre ne reflète pas trait pour trait la mentalité des hommes qui la font. Elle n'est pas signe de méchanceté. Un soldat n'est ni une brute, ni un fou, ni un bourreau. Il peut devenir tout cela s'il y est entraîné, pour faire comme les autres, par inconscience ou parce qu'il est terrorisé.

Le pire, ce n'est pas toujours la guerre. Il n'est pas besoin d'être dans l'armée, ni même d'être pris dans l'ivresse des combats pour être méchant et dangereux : ici, un entrepreneur ou un banquier qui manœuvre à son profit et ruine les gens qui lui avaient fait confiance ; là des savants vaniteux et incompétents qui s'entêtent dans leur fausse découverte ou leur incurie et mettent en danger des vies humaines ; ou encore un patron tyrannique et de mauvaise foi qui sous-paye son personnel et le terrorise avec la menace du chômage ; ceux qui agissent pour eux-mêmes et tentent par tous les moyens d'échapper à la loi ne sont-ils pas aussi terrifiants et beaucoup plus responsables que les soldats ? Et que dire des racistes, de ceux qui ont fait de la haine une doctrine, qui refusent à certains d'entre nous leur place au soleil ? Des paroles scandaleuses peuvent se concrétiser et devenir des actes révoltants. Cela ne doit-il pas être combattu ?

La plupart des gens n'aiment pas les coups, est-ce une raison suffisante pour laisser faire. Dans certaines circonstances, il est légitime de se défendre et même d'attaquer. Puisqu'il y a des causes justes, il y a aussi de justes guerres.

La guerre de Cent Ans, qui a opposé les rois de France aux

rois d'Angleterre à la fin du Moyen Age, est l'une des périodes les plus sombres de l'histoire de France. Au plus fort de la guerre, entre 1415 et 1429, les armées anglaises occupaient tout le nord de la France, et le roi d'Angleterre, Henri, était parvenu à se faire reconnaître de certains seigneurs, car les princes français, rangés en deux partis opposés, Armagnacs et Bourguignons, menaient à travers le pays une effroyable guerre civile, indifférents au sort de leur patrie comme à la misère des simples gens. Jouant de leur division, les Anglais s'apprêtaient à envahir le sud du royaume. Seule la ville d'Orléans, qu'ils assiégeaient, leur barrait la route.

Il fallut qu'une jeune fille se levât pour changer le cours des événements.

Chapitre Premier

Robert de Baudricourt, capitaine grincheux

Je me souviens bien de l'arrivée de Jeanne d'Arc. C'était au printemps de 1428. Cela ne vous dit sûrement plus rien. Il est des temps que l'on préfère oublier, et cette année en fait partie. La plus grande partie du royaume était alors occupée par les armées anglaises du roi Henri VI, qui se prétendait roi de France. Pour nous autres, le vrai roi ne pouvait être que le dauphin Charles, qu'on n'appelait pas encore Charles VII, et qui s'était réfugié dans le sud du royaume. On l'appelait, par dérision, « le petit roi de Bourges ».

Moi-même, Robert de Baudricourt, je commandais le château de Vaucouleurs, en Lorraine, dont j'étais le capitaine. Mes quelques hommes d'armes et moi gardions la dernière place fidèle au roi de France dans le nord du royaume, et nous n'étions pas sûrs de résister bien longtemps aux attaques des Anglais et de leurs alliés bourguignons. La ville était régulièrement assiégée et le pays d'alentour ravagé par le passage des troupes. Par lassitude, par désespoir, nous aurions fini par nous résigner à cette occupation, si l'ennemi n'avait pas été si brutal, et si Jeanne n'était partie en guerre. Un jour de mai, elle demanda à me voir. C'était une belle fille de seize ans, franche et hardie. Ses parents étaient des paysans honorables. Ils vivaient à Domrémy, un village voisin. Elle me somma d'obéir à ses consignes :

« Il est temps que le royaume soit rendu à ses vrais souverains, Dieu et le roi. Il me faut des hommes et des armes, pour m'en aller secourir le roi, car si je ne le fais, nul des seigneurs et hommes d'armes du royaume ne lui viendra en aide. Capitaine, tu dois m'aider toi aussi. »

La première fois, je ne lui ai guère prêté attention : la guerre me donnait d'autres soucis. Je l'ai renvoyée à ses parents, en leur suggérant de la calmer par quelques bonnes gifles.

Elle est revenue deux autres fois, insistant pour me parler. Elle était si convaincante que je la crus un peu sorcière. Méfiant, je la fis examiner par un prêtre. Il me rassura sur la jeune fille, et les avis des habitants de Vaucouleurs, qui s'étaient pris d'affection pour elle me détrompèrent. Jeanne n'était pas magicienne. Elle était seulement passionnée, intransigeante. Mais surtout, elle ne désespérait pas de la situation, comme nous le faisions. C'est pour cela que je lui ai fait confiance.

Ce n'est pas facile, aujourd'hui, d'expliquer pourquoi j'ai pris une telle décision. Cependant, c'est parce qu'elle voulait agir et secouer notre inaction, parce qu'autour d'elle des hommes lui faisaient confiance et se disaient prêts à la suivre, que j'acceptai de lui donner des armes et des chevaux. Je lui fournis aussi une escorte d'hommes d'armes, et je lui écrivis une lettre pour le roi Charles, qui demeurait alors à Chinon. Certains pensent encore que c'était folie. Je pense que c'était un pari raisonnable, le seul qui ne consentait pas à la défaite et à l'occupation du royaume.

Chapitre II

Jehan d'Aulon, le lieutenant fidèle

J'étais un jeune écuyer lorsque je vis Jeanne arriver à Chinon, à la fin de février 1429. Nous autres, dans l'entourage du roi, nous avions entendu parler de la curieuse lettre du capitaine de Vaucouleurs. Entre hommes, nous nous demandions à quoi ressemblait la femme qui avait séduit ce soldat rassis et austère. Nous étions prêts à rire d'elle. La dérision est la seule richesse que les vaincus ont en abondance. L'entrée de la petite troupe lorraine fut piteuse.

Au premier regard, je ne vis même pas celle qu'on appelait déjà la Pucelle. Douze journées de marche au travers des régions bourguignonnes, le plus souvent de nuit, avaient laissé les voyageurs épuisés et leur équipage n'avait guère d'allure. Au milieu des soldats, vêtue comme eux, Jeanne ne se distinguait guère. Cependant, dès qu'elle parla, nous fûmes séduits par sa voix décidée, son autorité tranquille et son charme qui apparaissaient malgré ses tristes habits de soldat. Toujours morose, le roi la reçut, plus par curiosité que par conviction. On a souvent parlé, à propos de cette rencontre, des miracles opérés par Jeanne. On a raconté comment elle reconnut le roi, malgré le déguisement qu'il avait passé, et comment elle se fit reconnaître de lui par des signes. A mes yeux, ce n'est pas là le plus miraculeux de l'histoire, mais bien la constance et l'obstination de Jeanne. Des gens qui entouraient le roi, presque tous, en effet, semblaient vouloir la décourager. On aurait cru qu'elle les gênait, par son assurance à se mettre au service de leur cause désespérée. Elle voulait se battre, il lui fallut d'abord passer des examens. Elle affronta les questions soupçonneuses des prêtres, des légistes, des politiques : il lui fallut aller jusqu'à Poitiers, pour rencontrer des universitaires. Si la situation n'avait pas été si triste, ces hommes sérieux l'auraient renvoyée, mais elle leur fit remarquer qu'ils pouvaient la mettre à l'épreuve en l'envoyant au combat vers Orléans assiégée.

La ville était perdue, nous le savions tous. La valeur de son capitaine, Dunois, et le courage de ses habitants ne pourraient arrêter bien longtemps la puissance des armées anglaises. Quand Orléans serait prise, les Anglais pourraient se répandre au sud de la Loire, et terminer d'occuper le royaume. Il ne resterait plus au roi qu'à s'enfuir, abandonner sa couronne aux vainqueurs. Alors, le risque n'était pas grand d'y engager la Pucelle et ses compagnons.

Nous l'avons suivie, sans nous faire d'illusion, nous autres soldats, qui allons où on nous envoie. On m'avait nommé son lieutenant, moi, Jehan d'Aulon, en me chargeant de la surveiller et de modérer ses décisions. Je devais ainsi économiser les soldats et l'argent du roi. D'une certaine manière, nous étions heureux de la défaite vers laquelle nous allions. Dans notre retraite monotone devant les armées ennemies, elle était inattendue, nouvelle, elle pouvait même être glorieuse.

Nous avons cessé de rire de cette belle fille pieuse. Avec elle nous n'avions plus honte de notre débacle.

Chapitre III

Dunois, le beau compagnon

Je suis Dunois, celui qu'on appelle aussi le grand bâtard d'Orléans, et la vie s'est toujours montrée généreuse avec moi : rien ne m'a manqué, ni la richesse, ni la gloire, ni la beauté. Je donnerai pourtant tous les bonheurs de mon existence pour revivre ce jour d'avril 1429, où j'ai vu la Pucelle délivrer Orléans assiégée.

J'étais bien placé pour assister à l'événement : c'est moi qui commandais la ville contre les troupes anglaises. Tout allait mal : nous avions contre nous les meilleures troupes du roi d'Angleterre, commandées par ses plus braves capitaines : Talbot ou Falstaff, et toutes les tentatives de leur faire lâcher prise avaient échoué. Chaque matin, nous les voyions de nos remparts, retranchés sur l'autre rive de la Loire, attendant que la faim et le désespoir nous fassent renoncer.

Lorsque la rumeur se répandit dans la ville qu'une pucelle viendrait nous délivrer, je crus d'abord à l'un de ces traits de folie que la disette fait naître dans les esprits affaiblis des affamés. Je cherchai pourtant à me renseigner, pour pouvoir répondre aux questions des Orléanais. Jeanne vint elle-même lever nos doutes. Le 29 avril 1429, miraculeusement, elle passa le fleuve avec armes, bagages et nourriture et entra dans la ville assiégée, à la barbe des Anglais et, comme je l'ai su plus tard, à la stupeur des officiers du roi, qui pensaient qu'une telle tentative était vouée à l'échec.

C'est alors que je l'ai rencontrée. On se moque toujours de moi, quand j'avoue sans honte mon respect et mon admiration pour la Pucelle : « Comment un vieux soldat et un grand seigneur peut-il s'humilier devant une petite paysanne illuminée ? ». Pour moi, elle fut dès le début le chef d'une armée victorieuse. Qu'y avait-il de plus grand pour un soldat habitué à la défaite ? Je n'étais d'ailleurs pas seul à avoir pour elle cet amour jaloux : mes amis La Hire et Xaintrailles, vieux soldats du roi, vétérans de tant de défaites et d'héroïsme inutile, s'étaient eux aussi abandonnés à la volonté de la Pucelle, de même que de grands seigneurs, comme Jean, duc d'Alençon et frère du roi, ou Gilles de Rais.

Elle n'a guère mis de temps à nous convaincre : en une semaine, ses avis nous donnèrent l'avantage sur les Anglais, malgré l'opposition de nombreux soldats du roi, indignés à l'idée d'obéir à une fillette. Le 7 mai 1429, vaincus et découragés, les soldats du roi d'Angleterre levèrent le siège. Le principal était fait : jamais plus ils ne furent en état de franchir la Loire et de menacer le sud du royaume.

C'est alors que Jeanne décida de tenir sa promesse, faire sacrer le dauphin Charles à Reims, là où s'est toujours fait le sacre des rois de France. D'autres, dont le roi, étaient d'avis d'attendre, de profiter du répit donné par ce succès, de négocier. La Pucelle nous disait qu'il fallait faire vite, que la victoire d'Orléans était un signe, et que la providence se lasserait, si nous la faisions attendre. Je l'ai suivie, me fiant à elle pour les décisions importantes. Quand j'étais d'avis d'agir prudemment, pour ne pas risquer de défaite grave, elle m'imposait l'audace, qui rend les victoires décisives. Je voulais contourner les territoires bourguignons, pour ne pas exaspérer l'hostilité du duc de Bourgogne, allié des Anglais ; elle le traversa, contraignant l'ennemi à la retraite.

Elle forçait chacun à s'engager, pour ou contre son roi. Les habitants de Troyes, occupés par une garnison ennemie, en firent l'expérience. Voyant arriver l'armée royale conduite par Jeanne, ils proposèrent de la laisser passer, à condition que le roi renonce à pénétrer dans leur cité. J'y voyais un accord profitable, qui nous épargnait la peine d'un siège long et peut-être infructueux, et les habitants évitaient ainsi un ralliement trop visible au roi de France, qui aurait pu entraîner pour la ville des représailles des Anglais et des Bourguignons, installés dans la région. Jeanne refusa de composer et me décida à lancer l'assaut contre la ville. Épouvantés, les habitants s'empressèrent d'ouvrir leurs portes à la Pucelle, se rangeant ainsi sans ambiguïté dans le parti du roi.

Le 17 juillet 1429, le roi fut couronné à Reims, devenant désormais, aux yeux de tous le seul titulaire légitime du royaume de France. Le principal de la mission de Jeanne était accompli, et nombreux furent ceux, autour du roi, qui pensèrent alors qu'il était temps de se débarrasser d'elle. Faire la guerre aux Anglais pour les bouter hors de France, il n'en était plus question, pas même d'imposer sa soumission au duc de Bourgogne. Jeanne voulait libérer Paris, capitale du royaume. Nous autres, capitaines et soldats de son armée, nous l'y aurions suivie sans hésiter. Les autres, autour du roi, en avaient décidé autrement. L'armée a été licenciée en septembre. Nous sommes restés une poignée d'hommes autour de la Pucelle, obstinés dans notre volonté de libérer le royaume et nous avons continué de nous battre sous ses ordres, aux environs de Paris.

C'est sous les murailles de Compiègne qu'elle fut capturée par les troupes du duc de Bourgogne le 23 mai 1430. Il ne fallut que quelques mois aux Bourguignons pour accepter de la livrer à ses ennemis anglais. Cela n'est guère surprenant, et c'est même dans l'ordre des choses. Le roi aussi l'abandonna, ce qui me choque aujourd'hui. Il nous refusa même les hommes que nous lui demandions pour aller la délivrer de sa prison de Rouen. Sans doute ne voulait-il pas admettre sa dette : comment le roi pourrait-il devoir quelque chose à cette petite paysanne ?

Aucun d'entre nous, qui nous disions ses compagnons, ne put rien faire pour Jeanne. Aujourd'hui, où ne reste rien d'elle que son souvenir, nous continuons à parler d'elle, et à la défendre âprement, comme si elle se tenait encore à nos côtés. Dans notre société de guerriers, où l'on ne respecte guère les femmes, surtout quand elles sont du peuple, elle est la seule qui sut s'imposer à nous, pas seulement par sa piété ou son honnêteté, mais parce que, parmi nous tous, elle était la seule à savoir où nous allions, et aussi pourquoi nous nous battions.

Chapitre IV

Falstaff, l'ennemi

J'ai attendu longuement le moment de voir de près la Pucelle. Avant de l'affronter, je n'avais jamais connu la défaite, et mon nom, John Falstaff (ou Jehan Fastolfe, comme disent les Français), était réputé dans tout le royaume de France comme celui d'un soldat aguerri, sujet intraitable du roi d'Angleterre, impitoyable contre les partisans du dauphin Charles, qui se prétendait roi de France.

Je rencontrai pour la première fois la Pucelle sur le champ de bataille, mais les circonstances n'étaient guère propices à une bonne observation. A Orléans, nous nous étions résignés à lever le siège, à Patay quelques semaines plus tard, je ne dus mon salut qu'à la fuite, abandonnant sur le terrain mon chef Talbot, prisonnier, et deux mille de nos soldats morts. Une déroute si complète et si rapide m'avait stupéfait : comment expliquer qu'une fille simple nous ait vaincus, sinon par sorcellerie ? Aussi, lorsqu'après sa capture, Jeanne nous fut vendue par le duc de Bourgogne, je me décidai à venir l'observer, lors du procès que nous avions organisé à Rouen, pour la faire déclarer hérétique et sorcière.

Je fus un spectateur assidu des séances du tribunal, attentif à faire connaître à ses juges français les volontés du roi d'Angleterre. Je la vis aussi dans sa prison, gardée par une forte garnison de nos meilleures troupes. Rien en elle n'était remarquable, à qui la regardait d'un œil rapide. C'était une jeune fille en bonne santé, que la prison, les menaces de ses juges et les insultes des geôliers anglais intimidaient souvent. Elle devenait alors une fille ordinaire, impuissante et malheureuse devant la force de ses vainqueurs.

Pour augmenter son désarroi, les juges lui avaient interdit de porter ses vêtements d'homme et, à la voir vêtue en femme, on découvrait une fille d'une vingtaine d'années, anxieuse et impressionnée. Parfois cependant, son regard changeait : elle abandonnait la résignation du prisonnier qui espère la clémence des juges pour se transformer en combattante victorieuse. Sa voix se faisait alors forte et claire et elle se dressait fièrement pour parler. Les juges, évêques et professeurs d'université appelaient cette attitude de l'insolence. Comment auraient-ils pu y reconnaître l'autorité d'un chef de guerre, habitué à donner des ordres et à servir de point de ralliement à tous les combattants ?

Quand ses réponses aux questions insidieuses des magistrats se faisaient directes, cinglantes, ironiques, je me sentais envahi de deux sentiments contradictoires. Officier du roi d'Angleterre, je ne pouvais tolérer le souvenir de cette autorité, qui avait humilié mes troupes à Patay. Je souffrais dans le même temps de voir la seule valeur que je respecte, l'héroïsme, abaissée et niée, au nom de la politique et de la religion.

Le procès dura jusqu'au 22 mai. Épuisée par le manque de sommeil, les pièges des interrogatoires, la feinte bienveillance de ses juges, Jeanne accepta de se reconnaître coupable de quelques fautes. Et, moyennant cette confession, obtint la vie sauve, malgré la détention perpétuelle à laquelle elle était condamnée. Nous étions furieux, nous autres Anglais. Même emprisonnée, la Pucelle nous gênerait tant qu'elle resterait en vie. Aussi ne fûmes-nous pas trop déçus de la voir quelques jours plus tard revenir sur ses aveux et revendiquer toute son action passée. Elle avait revêtu sa tenue d'homme, celle qu'elle portait pour aller au combat. Récidiviste, criminelle, nous obtînmes sans difficulté des juges scandalisés sa condamnation à mort.

J'allai la voir exécuter sur la place du Vieux-Marché, le 30 mai 1431, par curiosité, et pour m'assurer de sa fin. Son attitude n'était pas celle d'une criminelle, pas même celle d'une sainte, malgré l'opinion qu'en avaient certains de mes soldats, bouleversés par sa jeunesse et son courage. Elle avait le calme du guerrier qui marche au combat, certain de la justesse de sa cause, certain aussi d'être remplacé, jusqu'à la fin de la bataille, par d'autres compagnons d'armes. J'avais déjà vu cette sérénité sur le visage de certains paysans de Normandie, que nous appelions « brigands et ennemis du roi », au moment où nous les emmenions vers le lieu de leur exécution. Cette tranquillité me troublait. Ce n'était pas le courage des soldats de profession mais plutôt la certitude d'une victoire ultime, par-delà la mort. Chez Jeanne, ce calme bon droit se doublait de l'autorité incontestable d'un chef d'armée. Au moment de monter sur le bûcher, malgré l'appréhension d'une mort imminente (qui, si jeune, se résigne à mourir ?), elle restait le chef d'une armée victorieuse.

Moins de six ans plus tard, nous avons abandonné Paris aux troupes du roi Charles. Et en 1450, les soldats du roi d'Angleterre, humiliés et défaits, quittaient le royaume de France. Parmi les chefs de l'armée qui nous poursuivait, j'ai reconnu Dunois, La Hire et Xaintrailles, les compagnons de la Pucelle. Je me suis souvenu de ses promesses, de ses prédictions, et de sa mort sereine. Sa tâche s'achevait par sa victoire.

Épilogue

Le roi et ses amis préférèrent oublier la jeune fille à laquelle ils devaient tout. Les hommes de pouvoir n'aiment pas avouer leurs dettes. Plus tard, même de nos jours, certains tentent de faire de Jeanne une militante politique, pour s'approprier sa lutte et sa victoire ; par la suite ils l'oublient, parfois durant des siècles. Pourtant, depuis 1430, à Orléans, le souvenir de la libératrice reste vivant, parce qu'une ville tout entière a meilleure mémoire qu'un homme, et parce que la fuite des Anglais est le plus beau récit que les habitants puissent se raconter sur leur histoire. A Paris, trente ans après sa mort, c'est un poète de la rue, François Villon qui, dans *La Ballade des Dames du temps jadis*, lui assure pour toujours sa place dans le monde des mots avec ces deux vers :

(...)Et Jeanne la bonne Lorraine,
Qu'Anglais brûlèrent en Rouen,

Car la guerre, juste ou atroce, n'existe pas vraiment si elle ne peut se réfugier dans la parole et la mémoire. Il en est ainsi au moins depuis qu'Homère fit de la guerre des Grecs et des Troyens le sujet de la première, et peut-être de la plus belle des histoires.

La colère d'Achille

PRÉFACE : **La première des guerres**

Quand est-ce arrivé ? Les savants ne sont pas d'accord là-dessus. Il y a trois mille deux cents ans, disent les uns. Trois mille quatre cents ans, répondent d'autres. Au moins cent trente générations avant nous, en tous cas. La plupart pensent qu'on a oublié la date exacte ; ils ajoutent que cela s'est passé il y a très longtemps. Ils ont sans doute raison. On connaît mieux l'endroit. En Turquie, sur la côte de la mer Égée, on a trouvé il y a un siècle, dans le lieu qu'on appelle Hissarlik, les ruines calcinées d'une ville qui portait peut-être autrefois le nom de Troie.

Les raisons mêmes de cette guerre sont encore contestées. On raconte que cela commença lorsque Pâris, fils du roi des Troyens Priam enleva Hélène, la femme du roi grec Ménélas ; c'est du moins ce que prétendent Homère et les poètes. Les historiens ne croient pas à ces raisons-là. Certains pensent que les Grecs voulaient commercer avec les habitants de l'Asie Mineure, et que les Troyens voulaient les en empêcher. Pour d'autres, les Grecs voulurent seulement s'emparer des richesses de Troie.

Déjà dans l'Antiquité certains prétendaient qu'Hélène n'était pour rien dans l'histoire, que Pâris n'avait enlevé qu'une marionnette à son image, et que la belle princesse s'était réfugiée chez les Égyptiens, qui étaient riches et qui vivaient en paix. En se battant pour elle, Grecs et Troyens se battaient pour un fantôme. Comment savoir ? Peut-être cette légende signifie-t-elle simplement que la guerre, le plus souvent, n'a pas besoin de vraie cause. Elle n'est pas, pour ceux qui l'ont faite comme pour les autres, un problème à expliquer, mais simplement une histoire à raconter. Une histoire où chacun peut trouver à nourrir ses pensées ou ses rêves.

Aucune guerre n'a été plus chantée que la guerre de Troie, peut-être la plus ancienne des histoires de notre civilisation. Écoutons à nouveau la gloire et la tristesse des guerriers grecs et de leurs adversaires troyens.

1

Les regrets d'Achille

Ce n'est pas dans le combat que l'on trouve le bonheur, nous dit le poète. Hector, le plus brave des chefs troyens le sait depuis longtemps. Mais, aujourd'hui, il doit affronter Achille, le plus vaillant des Grecs, en combat singulier. Plutôt que de courir à la mort, il resterait bien auprès des siens, chez son père, le roi Priam, avec son épouse Andromaque et Astyanax son fils nouveau-né. Pourtant, il a revêtu son armure, et, avec une tendre mélancolie, a souri à son fils et embrassé Andromaque, qui l'avait accompagné jusqu'au rempart. Il est ensuite sorti à la rencontre d'Achille.

C'est le champion grec qui l'a emporté. Il avait juré de venger la mort de son ami Patrocle, tué voici quelques jours par Hector. Tout le courage d'Hector n'a rien pu contre la violence de son adversaire. Après l'avoir tué, Achille a accroché aux roues de son char le corps de son ennemi et l'a traîné comme un trophée sous les murailles de la ville, pour achever de se venger, et rendre plus éclatante sa victoire. La douleur d'Andromaque a couronné son triomphe.

Le vainqueur n'a pas pour autant retrouvé la joie. Enfermé sous sa tente, Achille a bu toute la nuit, pleurant la mort de son ami Patrocle. La mort d'Hector était une vengeance nécessaire. Le destin l'exigeait. Patrocle ne reviendra pas pour autant à la vie, et l'humiliation infligée au cadavre d'Hector réclamera, elle aussi, sa vengeance. Peut-être même causera-t-elle un jour la mort d'Achille lui-même.

Dans la nuit, un vieil homme entre dans la tente. C'est Priam, père d'Hector. Humble-

ment, il a demandé le corps de son fils, pour l'enterrer décemment. Pour cela, il a même offert de verser une rançon, comme c'est l'usage. Achille ne s'est pas dressé contre lui. Il ne l'a même pas chassé. Bien au contraire, lui faisant une place à ses côtés, il l'a invité à s'asseoir et lui a offert à boire.

Entre le roi des Troyens et le héros grec, entre le père d'Hector et son bourreau, il n'y a plus de haine, pas même de méfiance. La douleur et le deuil les ont rendus solidaires, fraternels pour une nuit. Ils ont bu, le plus souvent en silence ; ils ont pleuré ensemble Hector et Patrocle, maudissant la guerre qui les frappe si cruellement, et qui sûrement les perdra tous les deux.

Au matin, Achille a raccompagné le vieillard au pied des murailles de la ville. Il lui a rendu le corps d'Hector, pour qu'il soit enterré chez les siens. En le quittant, il lui a adressé le salut qu'on doit à celui qu'on respecte comme son père.

Après les funérailles de Patrocle et d'Hector, la guerre a repris, comme auparavant.

2

Les héros

Des deux armées, nous ne connaissons que les chefs, rois et princes. Des soldats qui, malades ou blessés, moururent par milliers, pas un nom n'a survécu dans la mémoire des poètes. Ils n'étaient que des hommes ordinaires, qui ne commettent pas d'exploits mémorables, et les poètes ne s'intéressent qu'aux héros, dont la vie, les actions et la mort décident du destin des autres.

Les héros sont toujours jeunes. Le plus âgé d'entre eux, Agamemnon, n'a guère plus de trente ans ; Achille et son ami Patrocle en ont à peine seize. Habitués des combats, ils n'aiment pas réfléchir, et ne sont heureux qu'à la bataille ou au jeu. De toutes façons, la guerre est un grand jeu, où le héros met en gage sa vie et sa liberté. D'ailleurs, que pourrait-il faire d'autre ? Il ne connaît d'autre art que celui du combat, et ne sait rien faire de ses mains : ni cultiver la terre, ni fabriquer des objets, ni même mener les troupeaux. Ces activités modestes, paisibles et utiles lui paraissent d'ailleurs méprisables, face à l'excitation enivrante et la renommée éclatante que procure un combat héroïque.

Les héros ont deux qualités éminentes : la bravoure et la beauté. Entre tous, Achille brille par son prestige. Son courage à lui seul décide du cours d'un combat et les armes qu'il brandit le rendent invulnérable. Pourtant, comme Patrocle, il mourra avant d'avoir vieilli. Le courage ne préserve pas de la mort, et le destin ne les laisse pas souvent survivre au combat.

Le courage ne permet pas non plus d'emporter la victoire à coup sûr : seules la sagesse et la ruse pourraient venir à bout de la vaillance des Troyens. Ulysse est l'homme rusé. Il n'est pas le moins brave et le moment venu, il tient comme un autre sa place au cœur des combats. Mais il est aussi celui qui sait attendre, feindre, se déguiser, espionner, tromper. Aussi survivra-t-il à la guerre et aux périls du retour. Seul de tous les Grecs, il pourra retrouver, après vingt ans d'errance, ce qu'il avait laissé pour partir vers Troie : une épouse et un fils, un palais, un royaume. Ami d'Athéna, la déesse de l'intelligence, il est aussi le héros préféré des poètes. Ce prestige ne tient pas seulement à son courage, ni à cette capacité à survivre, inhabituelle chez les siens. Sans doute l'admire-t-on surtout parce que l'art de la ruse, si peu respectable en apparence, abrège le combat et sauve la vie de bien des guerriers : quel autre moyen de faire le bien, dans ce lieu de tristesse qu'est le champ de bataille ?

3

L'attente

La guerre s'est éternisée. Dix ans au moins, selon les poètes. Dix ans, c'est interminable, dans la vie des hommes, et chaque jour de la guerre ne mérite pas l'hommage d'un récit ou d'un poème. En fait, on passa des mois entiers à attendre : dès le premier jour, il fallut patienter sur les navires, en attendant que le vent se lève, et que la flotte grecque puisse prendre la mer. On pensa même hâter la venue du beau temps en sacrifiant aux dieux des vents la princesse Iphigénie, fille du roi Agamemnon, chef de l'expédition.

Parvenus sous les murs de Troie, les Grecs durent de nouveau attendre : les défenses de la ville défiaient tout assaut, et la ruse ou la famine, filles du temps, pouvaient seules emporter la résistance des Troyens. Entretemps, chaque armée attendait, désœuvrée, que l'autre veuille bien répondre à ses défis et accepte un combat, un duel, où l'un des combattants, prenant l'ascendant sur l'autre, ébranlerait sa ténacité et s'assurerait une gloire de quelques instants.

Aussi, comme souvent, raconter la guerre c'est décrire l'ennui des combattants et les inconforts de la vie de siège, le froid, qui contraint les Grecs à se calfeutrer dans leurs navires, la maladie qui emporte les hommes avant même qu'ils soient parvenus sur le champ de bataille, les conflits causés par le jeu ou le partage du butin, qui dressent les uns contre les autres les hommes désœuvrés. Parce que le roi Agamemnon, chef des Grecs, avait par jalousie enlevé à Achille son esclave préférée, les Grecs, divisés et privés de leur combattant le plus valeureux, faillirent perdre la guerre.

Seule la ruse vint à bout de la ville assiégée. Ce fut Ulysse qui en eut l'idée. Faisant semblant d'abandonner le siège, les Grecs se retirent sur leurs navires, ne laissant dans le campement déserté qu'un énorme cheval de bois, bariolé comme un totem. Les habitants de Troie, ravis de leur victoire, le ramènent triomphalement dans la cité pour en faire un hommage reconnaissant aux dieux bienveillants. Et c'est ainsi qu'ils font entrer à l'intérieur de leurs murailles les combattants qu'Ulysse avait dissimulés dans la statue. Surprendre les Troyens sans méfiance, ouvrir les portes de la ville aux armées grecques revenues par surprise, piller ses richesses, incendier ses palais, massacrer ou déporter sa population, tout cela ne demanda que quelques heures aux combattants grecs, exaspérés par une si longue et meurtrière attente.

4

La prophétesse de malheur

Cassandre, fille de Priam, n'a jamais cru à la gloire ni aux beaux récits des poètes. Sereine et sans espoir, elle attend que s'achève l'histoire. Depuis le début, elle sait comment doit finir cette guerre. Depuis dix ans, elle le répète à tous ceux qui l'entourent, à ses parents, à ses amis, à tous les habitants de Troie : « Cette guerre finira mal. Elle n'apportera que la ruine et la mort, même à ceux qui rêvent d'y trouver un riche butin et la gloire des combats. Elle mènera les Troyens à la mort, ou à l'esclavage ».

Pendant dix ans, les Troyens l'ont détestée. Ils l'ont détestée d'abord parce qu'elle n'avait pas participé à la joie générale qui avait salué l'annonce de la guerre. Quand tous voyaient déjà vaincus les Grecs détestés, elle ne pensait qu'aux blessures, aux douleurs et à la mort qui guettaient les combattants.

Lorsque le siège a commencé, apportant les privations, lorsqu'il s'est éternisé, et que s'est installée la famine, les Troyens l'ont haïe de nouveau. Sa lucidité n'était d'aucun secours à la ville : bien au contraire, elle démoralisait les combattants, et affaiblissait leur ardeur, quand il aurait fallu les mobiliser et fixer leur attention sur la gloire des défis et de la victoire plus que sur les incertitudes et les peines des combats.

Aujourd'hui, le pire est arrivé, justifiant dans leurs moindres détails les sombres prophéties de Cassandre. Elle ne triomphe pourtant pas d'avoir eu raison : chaque mort annoncée et réalisée la désespère. Voir clair n'a sauvé personne, et aucune de ses paroles n'a servi sa cité. Ses concitoyens ne lui ont pas rendu leur estime pour autant. Bien au contraire, chacun la rend responsable des désastres survenus, comme si, en les prévoyant, elle avait favorisé leur venue. Chacun, au moment d'affronter la mort de la main du vainqueur ou la servitude dans son palais, trouve encore dans sa détresse quelques mots de malédiction pour celle qui annonçait toujours le pire.

Mais pour Cassandre, rien n'est terminé. Prophétesse du malheur des siens, elle connaît aussi celui qui l'attend. Au milieu de la ville livrée au massacre et au pillage, elle va être enfin délivrée de ce savoir si pesant. Les Grecs, elle le sait, ne l'aiment pas plus que les

Troyens. Ils craignent ses discours, et ne se laisseront pas voler la joie de leur victoire par ses prophéties trop justes. Quelle gloire les poètes chanteront-ils, si le destin des Troyens était de périr sous les ruines de leur ville ? Où est leur joie, si l'on vient leur prédire les angoisses du voyage vers la Grèce et les désillusions et les drames du retour au foyer ?

Lorsqu'ils l'ont découverte, dans le grand temple de la ville en flammes, les Grecs l'ont égorgée, sans respect pour l'asile qu'elle avait choisi. Elle n'était pas étonnée, ni même horrifiée. C'était sa façon à elle de triompher de tous ses ennemis. En la tuant, les Grecs lui donnaient raison ; en faisant taire cette voix insupportable à tous, ils la rendaient immortelle, prophétesse pour toujours lucide de l'horreur de toute guerre.

5

Le retour

La guerre est finie. C'est l'heure de tristesse et de lassitude où la gloire des récits n'a pas encore remplacé l'excitation du combat. Les palais en ruines de l'orgueilleuse cité de Troie finissent de se consumer. Dans la citadelle, dans les rues jonchées de débris, s'entassent des corps que l'on n'enterrera plus, car la ville est désormais déserte. Sur le rivage, les vainqueurs affairés ont amassé leur butin : richesses que l'on rapportera au foyer, esclaves échappés au massacre, qui feront désormais l'ornement d'une demeure prestigieuse.

Seule avec son enfant Astyanax, Andromaque attend le bon vouloir de son maître, le roi Pyrrhus. Belle, noble, raffinée, elle sait que sa vie n'est pas en danger. Son vainqueur s'est déjà épris de sa prestance, et n'oserait porter la main sur elle. De toutes façons, elle ne craint plus pour sa vie. Depuis le jour où, penchée au sommet des remparts, elle a vu Hector, son prince, mourir sous les coups d'Achille, elle n'a plus pleuré. Le pillage de la cité ne l'a guère touchée. A quoi bon regretter ces richesses privées de leur âme ?

Depuis longtemps toute frayeur l'a quittée. Seule épargnée de sa maison, elle se sait une survivante en sursis, et ne vit plus que pour son fils. Esclave, mais toujours princesse, peut-être pourra-t-elle obtenir de Pyrrhus la grâce, et la liberté de l'enfant. Déjà Troie, où elle vécut heureuse, s'efface de son esprit. Le pire est peut-être passé.

De tous les Grecs, un seul n'a pas réclamé sa part de butin : c'est Ulysse. Il sait quelles haines et quels drames surgissent quand il faut partager les richesses, et ne veut pas voir la division s'installer parmi ses compagnons. Il n'a pas non plus pris avec lui de ces captives qui suscitent tant de passion, et s'embarque avec les siens pour un long voyage de retour.

Et de tous, il est peut-être le seul à savoir où il va. On le lui a prédit, la traversée sera dangereuse et interminable. Mais chez lui, il sait que Pénélope, son épouse, et Télémaque, son fils, l'attendent. Il ne rapportera rien, que lui. Du butin de la bataille, il a choisi la seule chose que l'on puisse garder sur soi, le souvenir. Ainsi, lorsqu'il évoquera devant sa famille et ses amis l'interminable siège, rien ne viendra lui rappeler trop vivement ce long massacre qui s'achève.

Quand, retourné chez lui, après avoir perdu ses compagnons, pressé de questions, il a entrepris de raconter aux siens la guerre, et toutes les aventures de son retour, il a noté parmi ses auditeurs le visage attentif d'un poète aveugle. Il vient de l'île de Chios, et son nom est Homère. Seul de tous les invités, il sourit en l'écoutant, et paraît apprendre par cœur le récit du vieux prince. La sonorité des mots le réjouit, et l'héroïsme des personnages l'enthousiasme. Les autres convives envient cette innocence. Ils savent bien que par-delà l'éclat des beaux vers, le spectacle de la guerre est une histoire insensée, où l'on ne trouve qu'horreur, désespoir et absurdité.

Les horreurs de la guerre : Espagne 1936

PRÉFACE : **Naissance d'une république**

Le royaume d'Espagne a voté et les partis républicains ont gagné ! Le 14 avril 1931, dans Madrid en liesse, on fête la naissance de la république et la fuite du roi. Les nuits d'avril sont douces en Espagne. Dans les villes, les villages, on dansera jusqu'au lever du jour. Demain, c'est l'espoir ! car l'Espagne sort d'une période de troubles, de coups de force militaires et de gâchis économique qui a fait de ce pays une nation de seconde zone. Pourtant l'Espagne fut une des premières puissances du monde et elle a encore de beaux restes. En particulier des intellectuels prestigieux. Mais, dans ces premières années de la République, on compte dans le pays 60 % d'illettrés. Inimaginable pour un Français ! Naturellement l'injustice sociale est énorme. Dans les immenses propriétés des provinces du Sud, les ouvriers agricoles ne sont que du bétail qu'on embauche et débauche selon les besoins. Et comme, dans ces régions, il n'existe pas d'industries qui puissent donner du travail, on voit, sur les routes d'Andalousie et d'Estrémadure, des hordes de gens affamés. Seuls la Catalogne et le Pays basque possèdent des industries importantes, une classe moyenne qui commence à s'étendre, des écoles qui fonctionnent. Aussi revendiquent-ils depuis longtemps leur autonomie. Les Catalans et surtout les Basques sont très catholiques et leur revendication est soutenue par le clergé qui, contrairement à ce qui se passe dans le reste du pays est respecté. Il est vrai que l'église espagnole n'est pas des plus éclairées. Son pouvoir est quasi absolu puisque la religion catholique est la seule pratiquée en Espagne.

Autoritaires et obscurantistes, les évêques dominent par la terreur une population pratiquement illettrée. Tout comme l'église, une partie de l'armée s'en prend à la démocratie, accusée d'amollir les corps et les âmes et de donner la parole à « n'importe qui ». Après la chute d'Alphonse XIII, sans qu'on sache très bien sous quel régime elle se trouve, l'Espagne sera ballottée entre des élections contradictoires, des révoltes paysannes, des émeutes de la faim et même une insurrection sanglante des mineurs des Asturies. Jusqu'à ce que les différents partis de gauche, nationaux et provinciaux, se rassemblent dans un front populaire et gagnent les élections du 16 février 1936. Une époque nouvelle s'ouvrirait-elle pour l'Espagne ?

1

Uu pays qui explose

Journaux et radios du monde entier sont braqués sur l'Espagne. Les journalistes ont du mal à se débrouiller dans la confusion des événements. On se demande avec angoisse si aujourd'hui, après des élections en toute légalité, l'Espagne trouvera enfin le chemin de la démocratie.

Printemps, été 1936

Depuis les élections de février 1936 qui ont donné, tout comme en France, une majorité de Front populaire, il semble que le président Manuel Azaña se trouve devant des difficultés très graves. Les nouvelles qui nous parviennent de la péninsule donnent froid dans le dos. On pouvait penser que le gouvernement d'un homme aussi pondéré et intelligent qu'Azaña allait permettre de sortir du tunnel. Hélas ! il suffit de s'enfoncer dans le pays pour voir que les choses ne peuvent pas se transformer du jour au lendemain. Partout régnent la misère et la haine. Toute la gauche accuse le clergé espagnol d'être responsable de l'état rétrograde de la société. Heureusement l'armée se montre loyale à la volonté populaire. Ou bien elle est peu présente. La plupart

des officiers sont cantonnés, avec leurs troupes, dans les îles, aux Canaries, à Majorque ou dans ce qui reste de l'empire espagnol, notamment dans le Rif marocain. Mais on comprend que les nuits du président Azaña ne soient pas toujours paisibles. Sans doute compte-t-il sur l'appui des démocraties, l'Angleterre et surtout la France dont le nouveau gouvernement de Front populaire de son ami Léon Blum est, pour lui, un modèle et un soutien.

A feu et à sang !

On apprend que des heurts très violents se sont produits un peu partout entre les miliciens de la Phalange et des militants de gauche qui ont été fort malmenés. En représailles sans doute, des bandes de paysans, armés de fourches et de bottes de paille, ont incendié des églises et même des couvents de religieuses. Les militants désorganisés, rendus furieux par des années de stagnation et de misère, préfèrent agir eux-mêmes que se confier aux hommes qu'ils ont pourtant élus. Que va-t-il se passer maintenant ? Il est bien certain que l'opposition ne se croisera pas les bras. Dans un pays où, hier encore, les putschs militaires se succédaient, un pays qui sort de la dictature du général Primo de Rivera, des élections légales ne sont pas un garde-fou absolu. De part et d'autre, on ne peut pas dire que la démocratie soit l'habitude. Chacun pense à régler ses comptes sans faire confiance aux institutions. Les nuits du président Azaña doivent être de plus en plus perturbées.

Madrid, Madrid, ici Tétouan : le commissaire général a été arrêté... ils arrivent !...

Dernier message fort brouillé, parvenu, depuis le Maroc, au gouvernement républicain ! Un général qui commande la place des Canaries et qui jusqu'à présent avait peu fait parler de lui, Francisco Franco vient de quitter son poste de commandement à bord d'un petit avion militaire et a débarqué dans le Rif, à Melilla. Là, réside une importante garnison de troupes d'élite, entre autres les fameux et redoutables tirailleurs marocains. On apprend par ailleurs que le général Mola, un opposant déclaré au Front populaire, a soulevé les troupes du Nord en Galice et à Saragosse. Coup monté ! Bien évidemment Franco et Mola sont de mèche. Le président Azaña ne dort plus. Nuit et jour il guette les nouvelles de ce qu'il faut déjà appeler le front. Dans la hâte, il constitue un gouvernement de coalition de toutes les tendances républicaines. A Madrid, des milices ouvrières se forment. La guerre civile espagnole a commencé.

Un pays coupé en deux

C'est comme un feu de forêt ! En quelques jours le pays s'est embrasé du nord au sud. Au nord les troupes de Mola ont envahi la Galice, la Vieille Castille. La superbe ville de Saragosse, étape sur le chemin de Saint-Jacques, a été enlevée par ceux qui s'appellent maintenant les nationalistes. Face aux républicains et surtout aux autonomistes catalans et basques ils se prétendent les seuls vrais espagnols, défendant la monarchie, le centralisme et la religion. Et ils se flattent de balayer toute cette racaille républicaine. Dans un mouvement parfaitement coordonné, les troupes marocaines du général Franco ont débarqué à Cadix. Comment ? mystère ! Mais en quelques jours la partie ouest de l'Andalousie est envahie. L'Espagne est coupée en deux. Un gouvernement nationaliste dirigé par les militaires s'installe dans la zone occupée. Que peut faire le président Azaña ?

2

Une farce nommée non-intervention

L'Espagne républicaine ne peut compter que sur la bonne volonté des nations européennes. Mais l'Europe elle-même n'est- elle pas au bord du gouffre ? La France et l'Angleterre lorgnent avec inquiétude sur leurs deux terrifiants voisins, l'Italie fasciste de Mussolini et le Reich d'Hitler. Seule peut-être l'URSS est assez loin pour pouvoir se payer le luxe d'une intervention. D'autant plus que, dans les rangs républicains, les communistes sont actifs.

Automne, hiver 1936

Immenses manifestations en France, à Paris surtout. Il faut aider l'Espagne. Il y a déjà deux dictatures à nos portes. On ne peut courir le risque d'en voir une troisième. La foule scande : « Pour l'Espagne, des canons, des avions, des munitions ! » Mais ces foules généreuses, sans doute lucides, ne représentent dans le pays qu'une faible majorité. Encore meurtris et affaiblis par l'horrible saignée de la Première Guerre mondiale de 1914-1918, les gens aspirent à la paix. Ils ont peur d'être entraînés malgré eux dans un second conflit mondial. Les nouvelles vont vite. On sait que l'Italie et l'Allemagne sont prêtes à aider matériellement les nationalistes espagnols, s'ils ne l'ont déjà fait. Et puis la France ne va pas se lancer seule, comme Don Quichotte, dans un combat aussi hasardeux. Il faut qu'elle obtienne le soutien de l'Angleterre, ce qui n'est pas gagné. Enfin les exactions commises de part et d'autre, chez les républicains autant que chez les nationalistes, incitent à une certaine réserve. La presse de droite révèle des incendies d'églises, des meurtres de prêtres et de religieuses, des agressions contre des bourgeois. On raconte que dans certaines villes du secteur républicain il est dangereux de sortir dans la rue avec un col blanc et une cravate. Les miliciens « rouges » ont adopté une sorte d'uniforme, le *mono azul*, la salopette des ouvriers. On raconte encore que, dans certains villages contrôlés par les anarchistes, au nom de la liberté sans doute, tout est interdit à commencer naturellement par la pratique de la religion. Les gens sont contraints de vivre en communauté et non plus chez eux. Cafés et bals sont fermés. Il est défendu aux couples de marcher dans la rue bras-dessus bras-dessous. Les propriétaires, y compris les plus modestes, ont été violemment expropriés. Il semble que les anarchistes ne se soucient pas vraiment de la guerre. Là où ils sont, ils réclament la société nouvelle, ici et tout de suite. Et puis, voilà que le 31 octobre le général Franco, s'autoproclame Caudillo, généralissime et chef de l'État. Tout ça, évidemment, n'est pas très encourageant. Cependant le gouvernement français doit mesurer le danger. Il vaut certainement mieux avoir pour interlocuteur le président Azaña qu'un quarteron de généraux factieux entraîné par un aventurier comme ce général Franco. Léon Blum part en Angleterre.

Un drôle de pacte

Les gouvernements anglais et français viennent d'avoir une idée lumineuse. Il faut que les Espagnols restent seuls maîtres de leur destin. Pour ce faire, ils ne doivent être aidés ni d'un côté, ni de l'autre. Il n'y a qu'à proposer à l'Allemagne et à l'Italie un traité commun appelé pacte de non-intervention. Les quatre grandes puissances, plus l'URSS éventuellement, vont s'engager solennellement à rester neutres et à n'aider aucun des adversaires. On sait parfaitement que le général Franco a débarqué en Espagne avec des divisions italiennes. Par ailleurs quelques avions français sont engagés dans le combat aux côtés des républicains. Oublions tout cela ! D'ailleurs la France est prête à retirer ses avions. Léon Blum rentre en France avec le papier dans sa poche. Il faut maintenant qu'il fasse avaler cette décision au conseil des ministres. La séance dure toute la nuit. Au petit jour, Léon Blum sort de la salle du conseil les larmes aux yeux. Mitraillé par les photographes de presse, il annonce la mort dans l'âme, le traité de non-intervention. Il y avait, en Europe, deux gouvernements de Front populaire, l'un français et l'autre espagnol. Le président Azaña faisait confiance à son collègue français. Peu de jours avant il lui disait : « Notre front, c'est aussi le vôtre, nous luttons tous deux contre la menace fasciste. » En ce petit matin blême d'août 1936, Léon Blum abandonne son ami.

Un marché de dupes

Un lâche soulagement ne dure jamais longtemps. A peine le pacte signé, comme par miracle, d'importantes troupes italiennes investissent l'Espagne et vont renforcer les garnisons du général Mola. En quelques jours, nationalistes et italiens sont sur la sierra de Guadalajara qui surplombe Madrid. Par ailleurs le Reich allemand se rit de tous les traités et de tous les obstacles. Des forces hitlériennes — la trop fameuse légion Condor armée jusqu'aux dents — débarquent en Espagne. L'URSS de son côté achemine du matériel de guerre pour venir en aide aux républicains. Il ne s'agit plus d'une guerre civile, mais d'un conflit sur le point de devenir international, ce que voulaient éviter par-dessus tout les nations démocratiques plus ou moins favorables à la République. La non-intervention était une farce. Voilà ce que ne cessent de répéter les correspondants de guerre russes, anglais comme Georges Orwell, français comme Saint-Exupéry, ou américains comme Ernest Hemingway. D'autant plus que les nationalistes (on peut maintenant les appeler franquistes) se montrent sous leur vrai jour. Ils ne sont pas seulement des nostalgiques de l'ancien régime, des modérés, effrayés par la violence de certains éléments républicains. Ils sont des jusqu'au-boutistes qui aspirent à une dictature calquée sur le nazisme ou le fascisme italien.

Un de leur crime a particulièrement scandalisé la conscience universelle : l'assassinat dans un champ, sans arrestation ni procès, du grand poète et dramaturge Federico García Lorca, dont les pièces étaient célèbres dans le monde entier. Celui-là était connu, mais combien d'autres, anonymes, sont déjà tombés sous les balles des milices de Franco ? Les gens s'émeuvent. Dans les milieux bien informés, on raconte qu'une grande réunion va avoir lieu à Moscou pour organiser une riposte à ce qu'on appelle à présent le coup de force germano-italien contre la république espagnole.

Viva la muerte !

Il faut se rendre à l'évidence : la bonne foi des nations démocratiques a bel et bien été trahie. Dans les régions conquises par les nationalistes, les nazis sont les maîtres. A Salamanque le représentant de l'Allemagne envoie un soudard, le général Millan Astray, porter ses ordres au recteur, le philosophe Miguel de Unamuno. A la séance solennelle d'ouverture des universités, le général prend la parole devant tous et, à la face des étudiants et de leurs professeurs, il hurle : « *Muera la inteligencia ! viva la muerte !* » : « Que meure l'intelligence ! vive la mort. » Face à cette brute, Unamuno, philosophe célèbre dans le monde entier pour la vigueur et l'originalité de sa pensée, se dresse et prononce un discours qui sera le dernier de sa carrière universitaire : « Vous vaincrez, lance-t-il, mais vous ne convaincrez jamais ! » L'histoire retiendra l'image de l'homme sec et nerveux que sa chevelure blanche et embroussaillée, ses lunettes rondes et son nez busqué faisaient ressembler à un hibou. Dans ce discours, il dénonce les risques abominables que les dictatures et les totalitarismes peuvent faire courir au monde entier. La réunion de Moscou a eu lieu, en effet, et la création de Brigades internationales a été décidée. Un peu partout dans le monde, des volontaires : syndicalistes, militaires de carrière, journalistes se rassemblent pour aller sur le terrain offrir leur aide à la république espagnole. Ils viennent de France, d'Union soviétique, d'Angleterre, des États-Unis, mais aussi de Belgique, d'Autriche, de Pologne, des Balkans. Et, naturellement, il y a des Italiens et des Allemands qui ont fui Mussolini et Hitler.

Le gouvernement légal a grand besoin de cette aide. Une énorme tenaille encercle la zone républicaine réduite à la partie ouest du pays jusqu'à Madrid. Le territoire républicain se resserre comme une peau de chagrin. A l'exception des responsables communistes, le gouvernement s'est transporté à Valence car on attend, d'un jour à l'autre, une offensive sur Madrid. Les rumeurs les plus alarmistes se propagent. Madrid est une ville sans banlieue, la montagne est toute proche et les ennemis s'y dissimulent. Il paraît que les premières unités italiennes ont été aperçues au terminus de certaines lignes de tramway !

No pasaran !

Le 22 octobre, cinq bataillons des Brigades internationales, bien équipés et expérimentés débarquent en Espagne. Un de ces bataillons est tout de suite expédié sur Madrid où, avec le soutien de militaires professionnels soviétiques, il va constituer un corps d'élite. Qui est encore à Madrid ? quelques milices républicaines, communistes pour la plupart et armées de matériel soviétique, sous la poigne de fer du général Miaja et une population de plus en plus décidée à défendre sa capitale. L'attaque se déclenche aux abords de la cité universitaire. Les troupes franquistes et les Italiens sont persuadés qu'ils vont entrer dans cette ville comme dans du beurre et faire rendre gorge à tous ces va-nu-pieds. Mais c'était compter sans le général Miaja et le formidable sursaut de patriotisme des madrilènes, pour une fois tous unis dans la volonté de conserver leur capitale. Les troupes blindées parcourent la ville et les gens, massés dans la rue, scandent : « *No pasaran !* » : « Ils ne passeront pas ! ». Le 7 novembre, l'assaut ne surprend personne, chacun est à son poste. Les combats sont acharnés. Le camp adverse ne pouvait imaginer une telle résistance. Elle durera jusqu'au 24 novembre. Les Italiens et les franquistes n'ont pas avancé d'un pas. Pilonnés jours et nuits, épuisés, ils s'enfuient dans la montagne. Ils ne sont pas passés ! les forces républicaines, les brigades et d'abord les madrilènes eux-mêmes ont gagné la bataille de Madrid, première victoire de la république ! L'année se termine pourtant dans les larmes et la confusion. L'offensive franquiste se développe dans le nord. Si les choses continuent à ce train, Madrid sera bientôt coupée de Barcelone. Et comme pour marquer la fin d'une époque et annoncer des malheurs plus grands encore, Miguel de Unamuno, le vieil hibou indomptable, meurt le 31 décembre.

3

Ils tiennent encore !

Le monde entier pense que c'est la fin. Trop de malheurs ont fondu sur cette pauvre république. Qui pourrait sauver un pays en pleine guerre civile, abandonné des grandes puissances, convoité par deux dictatures étrangères et où les partis républicains se déchirent entre eux ? Pourtant, à la surprise de tous, l'Espagne se bat toujours.

Hiver, printemps, été 1937

La république possède enfin une armée ! de véritables bataillons qui se dressent face aux troupes franquistes et à leurs alliés étrangers. Un homme énergique, le nouveau président du conseil Juan Negrín, a organisé la défense et réclamé à l'URSS le matériel nécessaire. Et, sous les yeux stupéfaits du monde, la république résiste. On se bat, on se bat sur toute la péninsule et les républicains peuvent annoncer des victoires, sur l'Èbre, dans la sierra de Teruel où combat l'escadrille d'André Malraux. En dépit de pertes affreuses, le moral remonte. Sur des airs populaires, on chante l'espoir retrouvé, les illusions de Franco et la couardise des Italiens qui « courent comme des lapins dans la sierra ... » Hélas, l'armée républicaine a affaire à forte partie. Les quelques positions, si durement gagnées, sont reprises par l'ennemi quelques semaines plus tard. De grandes villes, Málaga, Santander, Bilbao, tombent les unes après les autres. Mais l'acharnement des républicains ne faiblit pas et on se bat, on se bat toujours...

Guernica ... suite et fin

Dans la nuit du 27 avril 1937, la ville de Guernica, en pays basque, où ne résident que des civils et des réfugiés, est sauvagement pilonnée pendant des heures par l'aviation allemande et elle seule. Sans aucune raison. Au matin, Guernica n'est plus qu'un champ de ruines silencieuses où, de loin en loin, retentit le dernier hennissement d'un cheval éventré. Ce massacre gratuit indigne l'opinion internationale. Il est clair maintenant qu'il ne s'agit plus d'une guerre civile entre Espagnols, mais d'une attaque délibérée des puissances dictatoriales, Allemagne, Italie, Japon regroupées en une alliance tripartite : l'Axe, contre le reste du monde. L'écrasement de la république espagnole n'est qu'un prétexte à une démonstration de force des fascistes et des nazis. Il s'agit avant tout de faire peur à des pays plus puissants que la pauvre Espagne : l'Angleterre, la France, l'Union soviétique et, surtout, les États-Unis. Il faudrait bien que ces nations comprennent cette sinistre stratégie avant qu'il ne soit trop tard. Le monde libre serait-il à la veille d'un effroyable cataclysme ?

4

L'année terrible

Dans le sang et les larmes, l'Espagne républicaine va agoniser pendant une année encore. Mais, d'ouest en est, de l'Atlantique au Pacifique, le monde s'embrase. Sournoisement, la Seconde Guerre mondiale a commencé.

Du printemps 1938 au printemps 1939

Il y a de quoi réfléchir, en effet ! Le 11 mars 1938, à la tête d'un régiment, Hitler en personne entre dans Vienne et, tout simplement, annexe l'Autriche au Reich allemand. Mais, une fois de plus, les démocraties semblent décidées à faire le dos rond. Et pourtant, disent les experts, Hitler et Mussolini bluffent. Ils ne possèdent pas un armement suffisant pour résister plus de quelques semaines à une attaque franco-anglaise. La preuve, c'est qu'en dépit d'un véritable effort de guerre, ils pataugent depuis trois ans dans le bourbier espagnol. Un pays pauvre, affaibli par la guerre civile, sans défense militaire puissante, tient en respect deux des pays de cet Axe qui fait si peur. Les dépêches envoyées à Londres, New York ou Paris par les ambassadeurs, les conseillers militaires, les journalistes en poste à Rome ou à Berlin disent toutes la même chose : si les pays libres attaquaient Hitler maintenant, il ne pourrait se défendre. Si on diffère encore la guerre, nous ne sommes pas au bout de nos malheurs !

Le début du commencement

En Espagne, la situation s'aggrave. Les républicains défendent pied à pied ce qui leur reste de territoire, principalement leurs trois grandes villes : Madrid, Barcelone et Valence, la républicaine ! Dans la zone sous contrôle franquiste une terrible répression a commencé. On ignore encore le nombre des sympathisants à la république qui payent de leur vie leurs opinions mais on parle de massacres. Et puis les franquistes sont parvenus jusqu'à la Méditerranée. Madrid est isolée ! Les Espagnols, dont le courage forçait l'admiration du monde, sont à bout de forces. Les Catalans, voisins de la France et qui ont souvent des parents de l'autre côté de la frontière, sont les premiers à fuir. C'est le début du long et tragique exode des républicains. Le président

Negrín cherche encore de l'aide, tente même de négocier avec les franquistes, mais, partout, il se heurte à un mur. La France, dans un dernier sursaut, ouvre ses frontières pour un envoi d'armes. Trop tard. Elle peut seulement laisser passer le flot de femmes, d'enfants, de vieillards qui essaye d'échapper à l'enfer.

Encore un lâche soulagement

Décidément les gouvernements français et anglais ne veulent rien comprendre. Le 30 septembre 1938, Français et Anglais se rendent à une convocation d'Hitler et signent les honteux accords de Munich, un renouvellement du pacte de non-intervention, encore plus contraignant. Il s'agit maintenant de laisser l'Axe libre de faire tout ce qui lui plaira, et chacun sait que c'est un prélude à l'annexion par les nazis de la Tchécoslovaquie. Par deux fois la France abandonne ses alliés : la république espagnole et la république tchèque, à la barbarie hitlérienne. De retour à Paris, le président du conseil français, Édouard Daladier, n'est pas fier de lui. A sa grande surprise, il est accueilli par une foule hurlant sa joie. Les Français en ont assez de toutes ces histoires. Ils ne se sentent pas menacés et ne se battront pas pour des causes lointaines : pour des « rouges » espagnols, pour la Tchécoslovaquie qu'ils sont incapables de situer sur une carte, pour l'Éthiopie, arbitrairement conquise par Mussolini et dont ils se soucient comme d'une guigne. Le président Daladier est atterré. Sans doute comptait-il sur un sursaut populaire, au moins sur une réaction de bon sens. Tandis qu'à Londres, Winston Churchill, un conservateur, mais homme de caractère, tempête à la Chambre des communes contre le gouvernement dirigé par son parti, la France semble anesthésiée.

En Espagne, c'est la fin. Barcelone est tombée. Valence résiste jusqu'au dernier moment. Mais le général Franco est reconnu par le monde entier, à l'exception de l'Union soviétique et du Mexique, comme chef de l'État espagnol. Le 15 mars, l'Allemagne occupe la Tchécoslovaquie. Dix jours plus tard, le nouvel ambassadeur de France auprès du nouvel État espagnol, le maréchal Philippe Pétain, présente ses lettres de créance à Franco. Le 1er avril, les armes s'arrêtent. Pour presque quarante ans l'Espagne, isolée du monde entier, à demi vidée de sa population par la violence et l'exil, est entrée dans la nuit de la dictature.

Épilogue

Lorsque, le 20 novembre 1975 le général Franco mourut, après une interminable agonie, laissant le pouvoir à un jeune prince inexpérimenté, les gens bien informés s'inquiétèrent : l'heure de la revanche n'avait-elle pas sonné pour les vaincus de la guerre civile. Les parents de millions de morts, de mutilés, de prisonniers affamés ne réclameraient-ils pas vengeance ? C'était oublier qu'une guerre peut finir. Le 23 février 1981 l'ultime tentative de coup d'état faite par les nostalgiques du pouvoir franquiste s'acheva dans le ridicule, sans même troubler le déroulement de la vie politique espagnole, malgré la prise en otage, durant quelques heures, du parlement au complet. On sut alors que l'Espagne avait achevé sa mutation. Derrière les risées qui saluaient le départ des putschistes humiliés se cachait une conviction plus sérieuse et plus profonde : le refus de retomber dans les horreurs de la guerre, et la conviction de tous que l'usage des armes ne peut jamais remplacer le débat politique au sein d'une nation. Tant qu'il sera vivant, le souvenir des ruines de Guernica sera le plus sûr soutien de la démocratie espagnole.

APPROFONDIR

D.R.

INTERVIEW

Xavier de Nazelle, vous êtes diplomate, ancien ambassadeur de France. Si le diplomate est l'homme de la paix, il n'est pas pour autant neutre et sans engagements et sa fonction, pour pacifique qu'elle soit, ne le conduit pas à méconnaître ses partenaires de négociation, qui peuvent toujours se transformer en ennemis en cas de conflit. Qu'a pu représenter, dans l'exercice de votre métier, la menace ou la présence de la guerre ?

Je pense tout de suite à Clausewitz, cet officier prussien de l'époque de Napoléon qui a écrit : « La guerre est la continuation de la politique par d'autres moyens ». On a interprété cette phrase de beaucoup de manières. Une chose est vraie : le diplomate et le militaire sont des serviteurs complémentaires de leur pays. Il y a aussi une manière de le dire qui est une vieille plaisanterie du quai d'Orsay : « Le diplomate et le militaire font la même chose, c'est-à-dire rien, mais le militaire le fait de bonne heure, tandis que le diplomate se lève plus tard ». En fait, de nos jours, le diplomate sert son pays en essayant d'éviter la guerre, mais il est amené parfois à la voir venir et à en assumer le risque. C'est ainsi que cela s'est passé pour moi.

Avez-vous choisi votre métier pour lutter contre la guerre ?

Les gens de ma génération ont connu la Seconde Guerre mondiale et ne peuvent l'oublier. Pourtant j'avoue qu'adolescent je n'ai pas voulu être diplomate avec le noble souci de travailler à ce qu'on « ne voie plus jamais ça ». Je voulais voyager, observer et comprendre l'étranger. Mais déjà, entre 1945 et 1947, deux hasards de la vie ont déterminé, je crois, le sens que je voulais donner à mon futur métier. D'abord l'importance des communistes m'a porté à vouloir mieux connaître le marxisme-léninisme en tant que chrétien et j'ai été guidé pour cela vers un jésuite, le père Fessard, cofondateur de *Témoignage Chrétien* sous la Résistance et grand ami de Raymond Aron et du futur cardinal de Lubac. Son enseignement, reçu au moment où débutait la guerre froide, m'a convaincu que nous devions, nous autres démocrates et chrétiens, tenir bon aussi longtemps qu'il le faudrait face à la menace soviétique. Et tenir jusqu'au risque de la guerre, car si notre génération avait appris quelque chose, c'était bien : « plus jamais Munich ! » c'est-à-dire croire apaiser un dictateur et sauver la paix en reculant. Par la suite, je participai à un camp de vacances à Berlin avec des étudiants catholiques français et allemands. Dans ce cadre impressionnant où nous sommes devenus vite amis, nous nous sentions ensemble les jouets des événements terribles dont témoignait la capitale dévastée des vaincus. Là, c'est vrai, j'ai commencé à penser à mon métier. Je voulais travailler à la réconciliation des deux pays. La communauté de destin de la France et de l'Allemagne rendrait impossible la guerre entre nos deux pays et les porterait à restaurer et défendre ensemble la paix et la liberté en Europe. Et, de fait, j'ai eu la chance plus tard d'aller à Berlin, de 1958 à 1963, à Bonn de 1965 à 1969, à Moscou de 1972 à 1974 et à nouveau à Berlin en 1981.

Quand avez-vous vu la guerre de près ?

Aujourd'hui, je pense n'avoir été qu'un très petit rouage dans une grande affaire. En fin de compte, elle fut réussie, mais plusieurs fois, surtout à Berlin, j'ai senti ou cru sentir la guerre de près.

D'abord en novembre 1958, Khrouchtchev nous lance un ultimatum, à nous autres, diplomates et militaires alliés à Berlin : « Vous avez six mois pour disparaître ». Vous savez, cela fait de l'impression... Je me souviens qu'à l'époque j'avais rendu visite à un collègue mourant d'un cancer et je m'étais dit : « Après tout, la mort est notre lot. Si M. K. ne bluffe pas, eh bien nous mourrons tous ensemble au lieu de mourir chacun tout seul comme ce pauvre collègue. Mais pas question d'un nouveau Munich ». Plus tard je me suis senti flatté quand j'ai lu dans les Mémoires du général de Gaulle qu'à cette époque, à l'ambassadeur soviétique qui disait au général que son pays avait de puissantes fusées. Celui-ci, « s'enveloppant de glace », lui avait répondu : « Dans ce cas, Monsieur l'ambassadeur, nous mourrons ensemble ». Mais M. K., bluffait.

Cette possibilité de guerre, je l'ai ressentie encore par trois fois, après la construction du mur. Chose curieuse, je ne l'ai pas vraiment sentie ce matin du 13 août 1961, où nous nous sommes réveillés dans une ville brusquement coupée en deux par un mur. J'étais si conscient de la faiblesse de nos moyens militaires locaux face à l'élite des armées soviétiques et est-allemandes que je n'imaginais pas que nous puissions attaquer ce mur qui n'était constitué, ce matin- là, que de miliciens et de barbelés. Mais j'ai rencontré des officiers qui avaient attendu un tel ordre et des gens qui ont alors pensé que si nous avions réagi, Moscou n'aurait pas pris le risque d'engager une troisième guerre mondiale. Je me demande maintenant s'ils n'avaient pas raison. Terrible question ! La réponse se trouve dans les archives de l'URSS et de l'Allemagne de l'Est.

Par contre, les cruautés du mur m'ont vite rappelé les malheurs de la guerre. Les soldats et policiers est-allemands tiraient sur les civils qui fuyaient vers l'Ouest. Il faut imaginer ce que c'est : un homme tiré comme un lapin devant ses concitoyens de l'Ouest, et nous autres Occidentaux, qui nous contentions de protestations diplomatiques... Le pire fut, pour moi, l'histoire suivante : pendant plusieurs semaines, des milliers de gens ont pu encore fuir par les égouts. Et un centre catholique franco-allemand dont je m'occupais à Berlin-Ouest recueillait (au début d'ailleurs à mon insu) une partie de ces réfugiés. Bien sûr, les Allemands de l'Est ont fini par repérer la filière. Et, un soir, leurs policiers ont mitraillé dans le tas à travers les égouts. Il y a eu peut-être des dizaines de morts cette nuit-là, qui ne sont pas dans les statistiques.

La proximité de la guerre, je l'ai ressentie aussi lorsque, un peu plus tard, les Soviétiques ont empêché les vols des avions alliés dans les « couloirs » aériens créés en 1945 et qui reliaient la ville à l'Ouest, en remplissant ces couloirs de leurs propres avions. De notre côté ne volaient plus que les avions militaires ou réquisitionnés hors des règles de sécurité. Mes collègues et moi avons passé des nuits blanches en contact avec le centre de sécurité aérienne de Berlin. Nos bureaux étaient tout près de notre aéroport de Berlin-Tegel. Je me souviens d'un après-midi où un Nord-Atlas devait décoller malgré le refus soviétique. Un Mig croisait au-dessus, assez haut. Nous avons maintenu l'ordre de décollage... et nous avons entendu et vu le Mig piquer sur le Nord-Atlas. C'était du bluff. Et la dernière fois qu'à Berlin, j'ai senti la guerre, ce fut lors de la crise des missiles soviétiques à Cuba, en octobre 1962. Mais nous étions alors des spectateurs passifs et fatalistes sachant seulement qu'en cas de conflit, nous serions les premiers sacrifiés.

Vous avez parlé de Clausewitz. Entre son temps et le nôtre, il y a d'abord l'atome. Qu'a signifié pour vous l'arme nucléaire ?

Justement, la crise de Cuba nous a donné une notion assez concrète de la dissuasion nucléaire, ce bras de fer psychologique dont Kennedy et Khrouchtchev nous offraient alors un grand spectacle.

Déjà la brouille entre les Soviétiques et les Chinois, dont nous avions eu des indices intéressants très tôt en Allemagne de l'Est, m'avait fait réfléchir. Mao disait qu'il ne fallait pas renoncer à la perspective d'une guerre décisive contre le capitalisme, fût-elle nucléaire, parce que le « camp socialiste » serait toujours assez nombreux pour survivre et vaincre. D'ailleurs, le sachant, les « impérialistes » montreraient alors qu'ils n'étaient que des «tigres de papier». Bien que leur état-major ait, semble-t-il, préparé des plans d'offensive avec emploi d'armes nucléaires dès le début, les Soviétiques répliquaient que, tant que chaque camp conservait, grâce notamment à ses sous-marins nucléaires, la possibilité de détruire l'autre, il fallait renoncer à une victoire du socialisme au prix d'une troisième guerre mondiale. Cependant cela ne les empêchait pas d'appliquer la fameuse phrase de Clausewitz, dont Lénine avait été un admirateur : « La guerre est la continuation de la politique par d'autres moyens ». Simplement il fallait ajouter : pas la guerre mondiale, bloquée par la dissuasion nucléaire, mais les «petites guerres» régionales, y compris l'aide à la subversion et au terrorisme. Ce que je voudrais seulement affirmer ici, c'est ma conviction que la dissuasion nucléaire nous a, depuis 1945, préservés de la troisième guerre mondiale. Mais on oublie trop que pendant ce temps, et surtout dans le tiers-monde, les « petites guerres » ont fait autant de victimes que les deux premières ensemble.

Et le pacifisme ?

La dissuasion nucléaire ne pourrait réussir que si chaque camp croyait que l'autre ne reculerait pas... Cela exigeait que nous autres, Occidentaux, ne nous laissions pas influencer par les pacifistes. Partant de l'idée que tout valait mieux que la guerre, ceux-ci pensaient qu'il ne fallait pas résister à l'agression. - « mieux vaut être rouge que mort » - et donc reculer devant la menace, puis, s'opposer ensuite au totalitarisme par une résistance non-violente, voire, pour certains d'entre eux, une résistance armée comme celle des maquis. La plupart des pacifistes étaient et sont des gens de bonne foi mais, bien sûr, les Soviétiques étaient trop heureux de les appuyer, chez les autres... Ils leur offraient la voie royale pour briser le verrou de la dissuasion militaire et pour faire triompher leur volonté partout.

De 1982 à 1986, j'ai travaillé à la Croix-Rouge française comme responsable pour les affaires internationales. A ce poste, j'ai beaucoup voyagé, participant à la plupart des rencontres du Mouvement mondial de la Croix-Rouge et du Croissant-Rouge. Et une de mes principales missions était de défendre les principes de la Croix-Rouge : apolitisme, neutralité... contre les tentatives de mes collègues soviétiques (dont le président était membre du comité central du PC de l'URSS) pour faire de notre grand mouvement humanitaire une «courroie de transmission» de leurs thèses en exploitant la sensibilité des pacifistes. La formule de M. Mitterrand date de cette époque : « Les pacifistes sont à l'Ouest, mais les fusées sont à l'Est ». Il y avait aussi des pacifistes à l'Est, mais ils étaient au goulag. Je me suis alors fait quelques réflexions pour les besoins de la cause, beaucoup grâce à l'influence du président de la Croix-Rouge, M. Jean-Marie Soutou et je voudrais conclure par la plus importante.

Au point de départ, il faut faire une distinction fondamentale entre la simple absence de guerre et la paix véritable. Si, devant une menace totalitaire, on recherche à tout prix la première, on aboutit à la paix dans la servitude, source de haine et de violence à venir.

Vous me direz : il y a la non-violence ou la résistance. Il faudrait du temps pour en discuter, mais, en deux mots cela ne « marche » que si vous avez en face de vous un pouvoir limité par un certain respect de l'homme, ce qui était, par exemple, le cas de Gandhi ; et si la force militaire est, en fait, présente à côté de vous, engagée ou potentielle. Contre ceux qui réduisent l'homme à un instrument ou à un objet, et ne reconnaissent pas les valeurs suprêmes de la vérité, de la liberté et de la responsabilité personnelle, on ne peut faire l'économie de cette force. C'est la noblesse du soldat. C'est pourquoi j'aime citer Léon Blum qui, Premier ministre du Front populaire en 1936, écrivait dix ans après : « On répétait : nous ne mourrons pas pour Dantzig. Mais, mourir pour Dantzig, signifiait mourir pour la paix sans être résolu à mourir pour elle ». Je cite aussi Saint-Exupéry qui écrivait, peu avant d'être lui-même abattu en 1944 : « Il se fait en moi une paix véritable qui n'est point de conciliation, de renoncement, de mélange ni de partage... il importe de ne point fléchir, ni pactiser par faux amour au cours d'une guerre sans merci qui est condition de la paix abandonnant sur le chemin des morts, qui sont condition de vie... ».

Je suis tenté de m'arrêter là. J'ajouterai que cette paix véritable se fonde sur la liberté, la vérité et la justice et ne peut se construire sans l'amour qui nous vient de Dieu. Ce ne sera jamais fini, mais ce n'est pas une raison.

Aller plus loin...

VOULOIR LA PAIX

Pacifisme ou bellicisme

● *Une guerre n'est pas une fatalité*

Personne ne veut la guerre. Au fond de nous-mêmes, nous sommes tous pacifistes ou, plus exactement, pacifiques. A certaines périodes de l'histoire, les gens ont compris que la guerre n'était pas une fatalité qui vous tombe sur la tête, on ne sait pas pourquoi. Bien au contraire, il est facile de la prévoir si on possède une méthode pour analyser les événements. Jean Jaurès, le grand socialiste français, déclarait : « Le capitalisme porte en lui la guerre comme la nuée porte l'orage ». Des pays trop puissants qui entassent leur richesse et croient imposer à un voisin tout aussi puissant des échanges commerciaux qui les arrangent ; des pays, France, Allemagne, Angleterre, qui sont devenus des empires à l'étroit chez eux et qui veulent toujours plus ; des annexions arbitraires de territoires : le colonialisme, forme collective de l'esclavage qui conduit des nations, souvent prospères, à dépendre d'une puissance étrangère ; une industrialisation forcée qui crée, dans les pays riches, une classe ouvrière terriblement exploitée, voilà le monde au début du XIXe siècle, voilà le monde au bord de la guerre.

Jean Jaurès comprend tout cela et il sait, contrairement à la plupart des hommes politiques, que la guerre qui s'annonce ne sera pas une partie de plaisir. En France et en Angleterre, comme en Allemagne, des intérêts puissants se manifestent en faveur de la guerre. Soit. Seulement, dans ces nations qui se disputent la meilleure place, la classe ouvrière sera la première à souffrir d'un conflit. Si partout les travailleurs refusent la guerre, ils peuvent s'unir par-delà les frontières. A travers l'Europe, de meetings en meetings, de congrès en congrès, Jaurès réclame une grève générale ouvrière contre la guerre. Il ne sera ni entendu ni compris. Les partis socialistes et sociaux-démocrates hésitent devant ce qu'on appellerait une trahison nationale. Mais, même combattu, même ignoré, Jaurès gêne. Il est assassiné en plein Paris, au café du Croissant, le 31 juillet 1914. Le 4 août éclate la Première Guerre mondiale, la plus meurtrière qu'on ait jamais connue jusqu'ici.

Le jeune président américain, John Fitzgerald Kennedy voudrait bien faire cesser l'affreuse et interminable guerre du

Viêt-Nam. Il est contrecarré par l'état-major et par des lobbies : groupes industriels plus puissants que le pouvoir politique. En attendant le Viêt-Nam est ruiné, les combattants des deux camps meurent par milliers, l'opinion publique américaine commence à manifester ouvertement son opposition à la guerre. Le président Kennedy semble être prêt à frapper un grand coup. Il est assassiné le 22 novembre 1963 à Dallas, Texas. Et la guerre durera encore...

● *Un exemple difficile à suivre*

Il existe une autre manière de refuser la guerre, c'est de la combattre avec les armes de la paix. Cela s'appelle la non-violence. Contrairement aux pacifistes, qui refusent l'idée même de guerre, les non-violents sont des soldats.
Ils affrontent le combat et parfois même le recherchent car ils savent, qu'en fin de compte, il faudra bien en passer par là. Mais ils ne se dressent pas devant l'ennemi avec des chars et des canons. La résistance passive est leur seule arme.
L'Indien Gandhi est le héros de la non-violence. Et c'est un héros victorieux. Tous ceux qui ont vu le film *Gandhi*, n'oublieront jamais la séquence où une foule immense avance en rangs serrés devant l'artillerie anglaise. Ce sont des hommes et des femmes, pieds nus, bras ballants, sans autre protection que leurs saris colorés et qui avancent ainsi en silence. Dès qu'ils sont à portée des Anglais, les mitrailleuses se mettent à tirer. Dans le crépitement des balles, hommes et femmes impassibles, sans un cri, sans un geste de défense, avancent toujours, marchant sur les blessés

et les morts qui s'amoncellent devant eux car ils ont la volonté de continuer ainsi jusqu'au dernier. Devant une telle résistance, l'Angleterre colonisatrice fut obligée de cesser les combats et de s'asseoir à une table de négociation.
La non-violence avait vaincu.

Cet exploit ne peut se reproduire dans tous les cas de guerre et avec n'importe quelle population. Certaines cultures répugnent au sacrifice de la vie, la sienne et aussi celle des autres. On se protège du danger par tous les moyens et on en protège son frère d'armes. Ce qui a été possible à des Indiens, ils l'ont prouvé, ne le serait peut-être pas à des Européens et ni non plus à des Africains, des Chinois ou des Japonais. Dans la plupart des sociétés, l'instinct de défense est plus fort que tout. Devant l'attaque, les gens combattront, par la fuite, la ruse ou l'ivresse de la violence et par tout cela à la fois. Quand il s'agit de la vie et de la mort, il est vain de se chercher un modèle extérieur et de vouloir copier le voisin.

● *J'aime la paix !*

Il existe des gens qui ne peuvent envisager la violence, même pour combattre le mal. Ces gens considèrent donc que rien n'est pire que la guerre, que c'est le mal absolu et qu'il faut tout faire pour l'éviter. Mieux encore, qu'on peut l'éviter en exigeant la paix. « Plus jamais la guerre », voilà le slogan des pacifistes. Les pacifistes croient qu'il est possible d'arriver à la victoire sur le mal par l'exemple d'une vie paisible, toute de douceur et de bonté, sans agressivité contre les hommes et les bêtes, en prêchant partout l'absurdité de la guerre et les bienfaits de la paix. Il est sans doute décevant de se dire que, depuis toujours, il y a eu des hommes et des femmes qui brandissaient des rameaux d'olivier, qui se groupaient dans des manifestations pacifiques, qui retiraient des mains des enfants les jouets guerriers, qui allaient sur les routes, criant : « A bas la guerre », qui chantaient : « Vive la paix » et tout cela sans effet. Quand la guerre doit arriver, elle arrive et afficher partout la colombe de Picasso n'est plus qu'un geste magique incapable de conjurer le mal.

Pourquoi cette impuissance ? Tout simplement parce que le pacifisme est un acte intérieur, un engagement purement individuel et qui ne tient pas compte des besoins et des désirs de la collectivité tout entière. Moi, je ne veux pas la guerre et je réunis autour de moi des gens qui ne la veulent pas non plus. Mais c'est une attitude abstraite et qui ne tient pas compte des réalités. Quand le danger est à nos portes, quand il s'agit, pour la collectivité dont je fais tout de même partie, de se défendre et, dans certaines circonstances, d'attaquer, le pacifisme n'a plus de sens et disparaît.

- *La paix éternelle*

Alors, n'y aurait-il pas d'autres moyens, pour garantir la paix, que de faire la guerre ? Posons la question autrement : la guerre est-elle véritablement le mal absolu et donc la paix le bien absolu ? N'y aurait-il pas aussi un peu de mal dans la paix ? Et puis n'y a-t-il pas une différence entre : « Faire la guerre » et « être en guerre » ? Le philosophe Miguel de

Unamuno qui n'était pas un tigre assoiffé de sang, a écrit : « Et surtout et avant tout, pas question de vivre en paix avec tout le monde (...). Je ne veux vivre en paix ni avec les autres, ni avec moi-même, J'ai besoin de guerre, de guerre en mon for intérieur ; nous avons besoin de guerre. » Nous avons besoin de guerre ? Cela semble un paradoxe et pourtant...

Essayons d'imaginer ce que serait une vie sans conflits. Tout le monde d'accord avec tout le monde, des enfants sages et obéissants qu'on ne punit jamais, des couples qui vivent une lune de miel éternelle, des voisins souriants, jamais de bagarre, jamais d'injures. A l'atelier, au bureau, jamais un mot plus haut que l'autre. Même pas une colère. Absurde ! et puis ce serait surtout très ennuyeux. Ce serait d'un ennui mortel ! Ce serait peut-être la mort. En outre, si nous lisons bien Unamuno, ne dit-il pas qu'il ne veut être en paix avec personne, à commencer par lui-même ? Et il a bien raison. Si quelqu'un est content de tout le monde, ça veut dire qu'il est aussi content de lui, qu'il est en paix avec lui et donc qu'il est pleinement satisfait de lui : de sa figure, de ses actions, de ses pensées. Seul le nourrisson ayant fini de têter peut ainsi jouir d'une paix absolue. Cela cesse très vite. Une personne toujours contente, qui vit sans inquiétude et sans colère, qui se satisfait de tout et d'elle-même n'existe pas. Si elle existait, nous n'aurions nulle envie de faire sa connaissance parce qu'elle ne connaîtrait ni la peine, ni la joie. Paix éternelle veut dire indifférence totale, égocentrisme absolu : oui, nous avons besoin de guerre !

● *Les plus belles années de notre vie*

En avons-nous connu de ces anciens combattants qui restaient amis toute leur vie et qui passaient des journées entières à se raconter leurs souvenirs de guerre ! Bien sûr, dans ces conversations, il y a la peur et la souffrance, mais elles passent au second plan. On sent d'abord, entre ces camarades, une très forte amitié et, aussi, beaucoup de rire. A entendre ces hommes qui ont fait la guerre, la résistance, les maquis, ou encore qui ont été envoyés, par leur pays, dans des expéditions hasardeuses et pas toujours bien propres, on se dit qu'ils sont en train d'évoquer les plus belles années de leur vie. Évidemment, ils étaient jeunes alors. Et puis le souvenir n'est plus la réalité. Ils ne se rappellent que les bons moments. Mais, dans le présent et dans l'action elle-même, il y a aussi une exaltation. Nous savons que la peur est stimulante. Devant le danger, il se produit un sursaut. Vite, vite, il faut faire quelque chose. Alors, ce qu'on aurait cru impossible devient subitement facile. Ne dit-on pas couramment : « Il n'y a pas le choix », ou encore : « Il vaut mieux se jeter au-devant du danger ». Évidemment que les hommes aiment la guerre ! Ça paraît une provocation et, pourtant, c'est la vérité. C'est même sans doute la raison la plus profonde de la présence permanente de la guerre à toutes les époques et dans toutes les civilisations. L'ivresse du combat saisit l'homme le plus doux et le plus raisonnable. Quand on « est en guerre », on la fait. Ceux qui ont le plus peur de la guerre, ce sont ceux qui n'y sont jamais allés, ceux pour qui elle reste un mal flou et sans consistance.

Ils désirent la supprimer à tout prix. Ils luttent aveuglement contre elle mais de façon sentimentale, abstraite et sans efficacité. Au contraire, ceux pour qui c'est une expérience concrète sauront l'éviter autant que possible, l'affronter quand elle est là.

● *Un effort moral*

Aussi étonnant que cela paraisse, il y a une morale de la guerre, plus précisément, si on écoute ce que disait le grand sociologue Max Weber, deux morales. On engage la guerre et on l'assume, par conviction ou par responsabilité.
Par conviction, c'est bien compréhensible et depuis Jeanne d'Arc, l'histoire en offre mille exemples. C'est la morale du militant, du patriote qui défend son idéal. A la limite, c'est un acte où l'on se détermine pour soi seul, même si c'est au nom des autres. La position de l'homme d'état, qui décide que, maintenant, il faut faire la guerre et y engager une armée et surtout une population civile, est bien différente.

C'est ce qui est arrivé à Churchill au moment des accords de Munich. Hitler avait signé avec l'Union soviétique un pacte de non-agression et les États-Unis étaient loin de vouloir attaquer. Engager la guerre semblait une folie.
Et donc, à la Chambre des communes, Churchill se trouvait face à une majorité qui réclamait la paix. La paix à tout prix. Négocions avec Hitler, tirons notre épingle du jeu, cédons, une fois encore, devant la menace du dictateur pour épargner à notre peuple les horreurs de la guerre. Mais le raisonnement était bien trop simple et Churchill l'avait

compris. A ceux qui, comme l'autruche, enfouissaient la tête dans le sable, il lançait : « Vous préférez le déshonneur à la guerre, eh bien, si nous cédons encore, nous aurons le déshonneur... et la guerre ! » Il avait raison car Hitler ne se serait pas contenté de la neutralité de l'Angleterre : morale de la responsabilité.

Il faut savoir engager une guerre mais aussi la conclure, non seulement par un armistice, qui seul établira la paix entre les ennemis, mais par un geste symbolique qui scellera la réconciliation.

Morale de la responsabilité encore, c'est, en 1970, l'acte du chancelier allemand Willy Brandt s'agenouillant devant les ruines du ghetto juif de Varsovie. Par ce geste, il reconnaissait que le Reich allemand avait été coupable de génocide et demandait qu'on pardonne à son peuple. A partir de ce geste symbolique, on peut dire que le Reich allemand d'Hitler n'existe plus, qu'une autre Allemagne est née, même si la conscience universelle ne doit jamais oublier les crimes nazis. Mais ils ne peuvent plus être imputés à la nouvelle Allemagne issue de ce geste de paix du chancelier Brandt. Aujourd'hui, on parle sans cesse de l'amitié franco-allemande, fondement de la paix en Europe. Nous ne devons pas penser qu'il s'agit là d'un sentiment naturel. Bien au contraire, ce fut un effort de longue haleine, accompli par des hommes et des femmes des deux nations qui tous avaient combattu le nazisme et voyaient, dans une construction pacifique, un effort moral, comparable à celui qui les avait poussés, auparavant, à prendre les armes.

L'effort moral ne suffit pas à lui seul à imposer la paix et surtout une paix durable. Il suffit de regarder autour de nous dans le monde. Quels sont les pays en paix depuis de nombreuses années ? la France et ses voisins, le Japon, les États-Unis d'Amérique, d'autres encore, heureusement, en Amérique ou en Asie. Mais tous sont des pays industrialisés, où le revenu par habitant est élevé, des pays aussi où l'éducation est très forte, où tout le monde sait lire et écrire, bref des pays développés et démocratiques. La guerre s'installe là où règne la misère et, par conséquent l'ignorance. Dans certains pays la guerre est, comme on dit, endémique, c'est-à-dire qu'elle se manifeste tout le temps, ne serait-ce que par le terrorisme. Or, presque sans exception, il s'agit toujours de pays très pauvres, très inégalitaires, qui ont vécu ou vivent sous la dictature : des pays qu'on appelle en voie de développement ou même sous-développés. Le capitalisme, a dit Jaurès, amène la guerre, que dire de la misère ! Elle est à combattre avant tout car elle est le premier des fléaux qui menace l'humanité : quand elle ne tue pas seule, elle tue par la guerre.

Quelques livres

Homère, *L'Iliade et l'Odyssée.*
Victor Hugo, *La Légende des siècles.*
Henri Barbusse, *Le Feu.*
Alfred de Vigny, *Servitude et grandeur militaires.*
Jaroslav Hasek, *Le brave soldat Chveik.*
Bertolt Brecht, *Mère courage.*
Erich Maria Remarque, *A l'Ouest rien de nouveau.*

Quelques films

Samuel Griffith, *Naissance d'une nation.*
André Malraux, *L'Espoir.*
Frank Capra, *Pourquoi nous combattons.*
Ernst Lubitsch, *To be or not to be.*
King Vidor, *L'Adieu aux armes.*
Serge Bondartchouk, *Guerre et Paix.*
Stanley Kubrick, *Docteur Folamour.*
Pierre Schoendoerffer, *La 317e section.*

Des disques

Beethoven, *La symphonie héroïque.*
Chopin, *La Grande Polonaise.*
Berlioz, *Requiem aux morts de la révolution de Juillet 1830.*
Honneger, *Jeanne au bûcher.*

A visiter

Le musée de l'armée aux Invalides.
Le Mémorial de Caen.

Les mots clés

Alliés(s)
Antimilitarisme
Armée
Armement (dépenses d')
Armes (conventionnelles, nucléaires) (ventes d')
Armistice
Axe
Bagarre
Belligérant(s)
Blessé(s)
Bombardement
Capitulation
Cessez-le-feu
Civil(s)
Commémoration
Conscription
Croisade
Déclaration de guerre
Démocratie
Déporté
Désarmement
Déshonneur
Désobéissance
Diplomatie (diplomate)
Discipline
Drapeau
État-major
Fascisme
Guerre :
(de Cent Ans, picrocholine, de

Trente Ans, Première Guerre mondiale 1914-1918, Seconde Guerre mondiale 1939-1945, Viêtnam, Algérie, Golfe…

Type de guerre :
offensive, défensive, coloniale et de conquête, de destruction, d'usure, guerre éclair, guerre froide, civile, de libération, de religion, guerre révolutionnaire

Guerillero
Honneur
Insurrection
Maquis (maquisard)
Massacre
Mercenaire
Militarisme
Monument aux morts
Nazisme
Neutralité
Officier
Ordre(s)
Pacifisme (pacifiste)
Paix (pacifique)
Prisonnier
Réconciliation
Réfugié(s)
Représailles
Stratégie
Tactique
Trahison (traître)
Traité de paix
Tournoi
Ultimatum

Les noms-clés

Appel de Stockholm
Achille
Azaña (Manuel)
Berlin (mur de)
Brandt (Willy)
Blum (Léon)
Castro (Fidel)
Clausewitz (Karl von)
Charles IX
Churchill (Winston Spencer)
Croix-Rouge
Dumouriez
Général de Gaulle
Guevarra (Ernesto, dit le Che)
Falstaff (Sir John)
Franco (Francisco)
García Lorca (Federico)
Gandhi
Guernica
Hitler
Jaurès (Jean)
Jeanne d'Arc
Kennedy (John Fitzgerald)
Khrouchtchev (Nikita S.)
Mao Tse-toung
Marx (Karl)
Mussolini (Benito)
Napoléon
ONU (Organisation des Nations Unies)

Organisations humanitaires
(Croix-Rouge)
Saladin
Unamuno (Miguel de)
Waterloo
Weber (Max)

Références

Aristote, *Politique*, trad., Prélot, PUF, 1950.
Karl von Clausewitz, *De la guerre*, trad., Naville, Ed. de Minuit, 1955.
Herman Melville, *Chants de guerre*.
Jacques Prévert, *Paroles*, Gallimard, 1945.
Milton, *Paradis perdu*, trad., Messian, Aubier.
Mao Tse-toung, *Œuvres choisies*, Maspero, 1967.
Bertrand de Born, *Florilège des troubadours*, Firmin Didot, 1930.
Wellington, *Dépêche*.
Thomas Hardy, *Les Dynastes*, trad., Salmon et Neel, Stock, 1947.
Alfred de Vigny, *Servitude et Grandeur militaires*.
Albert Einstein, *Comment je vois le monde*, trad., Cros, Flammarion, 1934.
Florence Nightingale, *Lettre*.
Jaroslav Hasek, *Le brave soldat Chveik*, trad., Horejsi, Gallimard, 1945.
Péguy, *Ève*, 1913, Gallimard.

Dans la même collection

Chantal Demonque : *Le Langage*
Emmanuel Fraisse, Isabelle Jan : *La Justice*
Marie-Claude Huc : *Le Progrès*
Olivier Ikor : *La Liberté*

A paraître

Marianne Barzilay, Jean Grech : *Le Bonheur*

Achevé d'imprimer par Corlet, Imprimeur, S.A.
14110 Condé-sur-Noireau (France)
N° d'Éditeur : 4729 - N° d'Imprimeur : 7703 - Dépôt légal : mars 1993
Imprimé en C.E.E.